TOUT CHEMIN
MÈNE A ROME

PAR

AUGUSTE ARNOULD ET ALEXANDRE DE LAVERGNE.

I

Souvenirs.

Il y avait nombreuse et brillante réunion chez l'une de nos illustrations parlementaires. C'était une dernière soirée d'hiver, une de ces soirées périodiques qui se renouvellent de mois en mois, quelquefois de quinzaine en quinzaine, où l'on fait de la musique, où l'on danse même, une de ces soirées qui tendent incessamment à détrôner ce qu'on nommait jadis un bal, appellation surannée tombée aujourd'hui dans le domaine de la petite bourgeoisie.

Une jeune femme était debout auprès du piano, tenu par un de nos plus célèbres artistes, et elle chantait. Le charme de sa voix, non moins que celui de toute sa personne, car elle était d'une remarquable beauté, exerçait sur tout l'auditoire comme une sorte de fascination. Tous les regards étaient fixés sur elle avec une expression à peu près uniforme d'admiration parmi les hommes, et presque de bienveillance parmi les femmes. Seulement, il eût été assez difficile de déterminer lequel avait la plus grande part dans son triomphe auprès des premiers, ou de ses beaux yeux noirs, ou de l'étendue, de l'éclat de sa voix. L'air qu'elle avait choisi était merveilleusement propre, du reste, à faire ressortir toute la puissance de ce double moyen de séduction. C'était cette cantilène du quatrième acte de *Robert-le-Diable*, dans laquelle Meyerbeer a prêté à la pudeur d'une jeune fille qui lutte contre les étreintes passionnées de son amant des accens si suaves et si touchans :

Robert, toi que j'aime,
Si ce n'est pour moi-même,
Grâce pour toi!

Il y avait dans le jeu de la physionomie de la belle cantatrice et jusque dans l'accent de sa voix je ne sais quel charme secret qui allait à l'âme et la pénétrait d'une profonde émotion. On eût dit que, pour elle, les paroles qu'elle chantait retraçaient un souvenir; il n'en était rien pourtant : mais peut-être était-ce un pressentiment?

Au surplus, par un contraste frappant, rien dans les traits de cette jeune femme n'annonçait la faiblesse et l'indécision, et sa bouche et ses yeux où respirait la fierté, et l'ovale parfait de son visage harmonieusement encadré par des cheveux noirs en bandeau, semblaient à chaque instant près de démentir ses paroles. Une telle femme pouvait se donner, mais demander grâce, jamais.

Lorsqu'elle eut cessé de chanter, elle retourna à sa place au milieu d'un tonnerre d'applaudissemens et d'acclamations, comme disent nos voisins d'outre-mer, mais d'applaudissemens gantés et d'acclamations de bon goût. Alors, un jeune homme de vingt-huit à trente ans, qui ne l'avait pas perdue de vue un seul moment, s'approcha d'elle et lui dit avec une légère émotion :

— Permettez-moi, madame, de joindre mon admiration à tous les hommages que vous recueillez. Si Meyebeer avait une interprète telle que vous, je ne voudrais pas manquer une seule représentation de ses opéras.

Celle à laquelle s'adressait ce compliment se contenta de s'incliner en murmurant deux ou trois mots de politesse assez insignfians, puis elle se retourna du côté d'une de ses voisines, avec l'intention évidente de couper court à la conversation que son interlocuteur paraissait disposé à engager avec elle; mais ce dernier, sans se déconcerter, reprit presque aussitôt :

— Oserais-je, madame, vous demander des nouvelles de madame votre tante, la vicomtesse douairière de La Roche-Bernard, au château de laquelle j'eus l'honneur de vous voir il y a déjà plusieurs années? c'était, je crois, au commencement d'août 1830.... Je me trompe peut-être d'une année; mais vous n'étiez encore qu'une enfant, mon manque de mémoire est excusable, et je vous prie de croire qu'il n'en sera pas de même pour cette soirée, dont la date est à jamais fixée dans mon souvenir.

A ces derniers mots, la jeune femme rougit et jeta un regard involontaire sur son interlocuteur. C'était un homme d'une taille moyenne, et dont le visage un peu basané et presque anguleux était entièrement dépourvu de tout ce qui constitue la beauté masculine; mais il suppléait à ce que la nature avait pu lui refuser de ce côté par une grande distinction de manières, et il y avait dans toute sa personne quelque chose de profondément élégant et aristocratique, qui établissait entre lui et les autres hommes de la réunion une ligne de démarcation bien tranchée. Un physionomiste eût même remarqué dans ses yeux et dans la courbure de son nez je ne sais quoi de la nature de l'aigle qui semblait annoncer une grande puissance de volonté et de résolution. Quoi qu'il en soit, il paraît que l'examen rapide de sa personne ne fut pas à son avantage dans l'esprit de la belle cantatrice, car elle répondit d'un ton glacé et presque dédaigneux :

— Madame de La Roche-Bernard ne m'a point donné de ses nouvelles depuis quelque temps, et je ne me souviens pas, monsieur, d'avoir eu l'avantage de vous voir chez elle.

Ayant ainsi parlé, elle se mit à causer à voix basse avec une jeune femme blonde d'une éclatante fraîcheur, qui était assise à côté d'elle. Le cavalier qui venait d'être traité avec une si grande rigueur resta d'abord calme et impassible, puis, s'approchant du piano, il chercha parmi les morceaux de musique détachés qui y étaient épars celui qui venait de le charmer; l'ayant découvert, il demeura long-temps les yeux fixés sur cette page et comme absorbé dans une contemplation rêveuse.

Alors la jeune femme blonde se pencha vivement à l'oreille de sa belle voisine et lui dit :

— Savez-vous, madame, quel est celui que vous venez de traiter si mal? C'est, à ce qu'on assure, l'un des hommes les plus à la mode de Paris. Il n'est bruit que de ses bonnes fortunes. On le nomme le marquis Horace de Maugiron.

— Taisez-vous, répondit-on en dissimulant un sourire sous un éventail : je le savais.

Pendant que ce petit événement se passait dans le salon, voici la conversation qui avait lieu, au fond de l'appartement, dans une pièce retirée, entre deux individus à peu près du même âge, c'est-à-dire de trente-deux à trente-trois ans, assis côte à côte sur le même divan, et dont l'un, porteur d'épaisses moustaches et décoré, avait toutes les allures d'un militaire.

— Parbleu! disait ce dernier, en pressant avec effusion les mains de l'autre dans les siennes, combien je suis aise d'être venu ici, puisque j'y retrouve l'un de mes bons vieux camarades, mon cher de Boisroger, qui me faisais jadis mes versions grecques et mes vers latins.

Cet excellent Bérard! tu oublies, mon ami, que pendant ce temps-là tu m'écrivais mes compositions de géométrie et d'algèbre, où Dieu sait si j'ai jamais compris quelque chose!

Échange de bienfaits et de reconnaissance,

comme dit un de nos poètes. Ah ça, raconte-moi donc ce que tu es devenu depuis notre sortie du collége Henri IV, que tu quittas, si j'ai bonne mémoire, pour entrer à l'école Polytechnique dans un assez bon rang. Tu n'as pas perdu de temps, à ce qu'il paraît, car te voilà décoré et colonel sans doute?

—Capitaine, mon cher, tout simplement capitaine d'artillerie, et encore grâce à une campagne en Afrique. Diable! comme tu y vas! songe donc que j'ai trente-deux ans à peine, et qu'au temps où nous vivons, on n'est jamais colonel à cet âge.... si ce n'est dans la famille royale.

— Et au Gymnase. Pardon, j'ai donné quelques vaudevilles à ce théâtre : cela fausse le jugement.

— Au fait, mais j'y songe, est-ce que tu serais ce M. Théophile de Boisroger dont toutes les trompettes de la renommée répètent le nom à cette heure?

— Lui-même, mon bon Bérard, Boisroger le romancier, Boisroger le vaudevilliste, Boisroger le feuilletoniste, que sais-je! l'écrivain universel; nous sommes tous comme cela à présent, courtisant toutes les muses, couronnés par toutes les gloires.

— Reçois donc mes complimens, mon illustre ami; je ne sais ce que valent tes confrères, mais je te jure sur mon honneur que tu es un écrivain fort distingué et que tu nous a fait passer de douces heures à l'armée d'Afrique, où, sans toi, et deux ou trois autres de ta force, nous serions tous morts d'ennui. Ah ça, mon cher Boisroger, j'aime à croire que ton état te rapporte plus que le mien : 2,600 fr., mon cher, plus une ration de fourrages et l'indemnité du logement.

— Ajoute un zéro à ta solde, c'est à peu près mon chiffre de l'année dernière, mais je compte bien n'en pas rester là.

— Peste? fortune, honneur, indépendance! Allons, je vois que décidément le grec et les vers latins valent mieux que les mathématiques : c'était l'opinion de notre digne censeur, ce pacifique et bon M. Dervet!

Nous irons le voir ensemble, si tu veux, et je lui ferai mes excuses d'avoir pensé autrement que lui.

—Eh! mon pauvre Bérard, crois-tu donc qu'il soit si aisé de vivre à Paris avec quelque vingt mille francs?

— A qui le dis-tu?

— Oui, mais tu n'es pas comme moi marié....

— Pourquoi pas?

— Vraiment?...

— Tu l'es bien, toi!

— Mais où donc est ta femme?

— Elle est ici. Je l'aime trop pour me séparer d'elle un seul instant.

— Excepté quand il faut aller se battre avec nos bons amis les Arabes.

— Je ne me bats plus, j'ai donné ma démission.

— Tu as donc fait un mariage d'argent?

— D'amour et d'argent, mon cher.

— Bravo! il est toujours bon de cumuler.

— Voyons, à ton tour maintenant, illustre Théophile, parle-moi de ta femme.

— Je ferai mieux, je vais te la montrer, à charge de revanche.

— Bien volontiers; suis-moi.

Et les deux amis s'étant levés, arrivèrent jusqu'à l'une des portes du salon.

— Tu vois bien, dit Bérard, auprès de la cheminée, cette jeune dame blonde qui est si fraîche et si jolie?

— Parfaitement, répondit de Boisroger, en souriant: c'est une dame de ma connaissance.

— Eh bien! dans l'angle, immédiatement auprès d'elle, est une autre jeune femme qui a des cheveux noirs en bandeau, une coiffure grecque sans ornement.....

— Oui, qui vient ici pour la première fois, m'a-t-on dit, et qui a une voix si délicieuse. C'est la reine de la soirée, mon ami; et si je n'étais marié... Tu ris! Est-ce que par hasard ce serait là ta femme?

— C'est toi qui l'as nommée.

— C'est charmant, c'est divin, ma parole d'honneur! Mais, d'abord, à mon tour, Bérard, de te féliciter, et de rendre de nouvelles actions de grâce au hasard qui a placé ta femme... justement auprès de la mienne.

— Oh! décidément, cela tient du prodige.

Théophile de Boisroger se fit jour à travers la foule qui encombrait l'entrée du salon, et entraînant son ami à sa suite avec une pétulance peu commune, il arriva devant les deux jeunes femmes.

— Je suis le plus âgé, s'écria-t-il alors: trente-trois ans! C'est à moi de parler le premier. Ma chère Louise, tu m'as entendu bien souvent prononcer le nom de Georges Bérard, un de mes bons vieux camarades de collége, celui que j'ai le plus regretté, je te le présente.

— Emilie, reprit le capitaine en s'approchant de sa femme, M. Théophile de Boisroger, mon camarade d'enfance, et, ajouta-t-il en pressant la main de l'homme de lettres, mon ami à toujours.

Les deux jeunes femmes s'inclinèrent avec un sourire et murmurèrent quelques phrases banales de politesse. Madame Bérard, en particulier, attacha sur Théophile, dont elle connaissait les ouvrages, un regard plein de curiosité et d'intérêt. Malheureusement il est de notre devoir d'historien de déclarer que Théophile de Boisroger n'a dans sa physionomie, assez régulière du reste, aucune poésie. Nous ajouterons même que ses joues, qui menacent d'engloutir deux petits yeux pleins d'esprit et de malicieuse observation, sont d'une rondeur et d'un embonpoint propres à démontrer de la manière la plus évidente qu'aujourd'hui l'écrivain n'est plus réduit à mourir de faim dans son grenier.

— Allons, mesdames, ajouta gaîment de Boisroger, c'est à vous maintenant de compléter l'œuvre que le hasard a si bien commencée, et de nouer connaissance.

— Oh! c'est déjà fait, s'écria avec une charmante ingénuité madame de Boisroger ; madame et moi, nous avons causé toute la soirée musique et toilette.

— Et nous nous sommes trouvé les mêmes goûts, les mêmes opinions, interrompit madame Bérard : c'était comme un pressentiment.

— Mon ami, dit tout bas de Boisroger à Georges Bérard, en faisant quelques pas avec lui dans le salon, après avoir pris congé des deux dames, je veux qu'avant la fin de la soirée nos deux femmes soient amies intimes, et qu'elles se tutoient dans huit jours. Ah! je ne donnerais pas cette soirée pour un grand succès à la Comédie-Française.

Comme il prononçait ces derniers mots, un beau jeune homme, à la taille élancée, au visage doux et mélancolique, s'était approché de madame de Boisroger, avec laquelle il semblait en grande conversation. Bérard, qui l'aperçut le premier, le montra à son ami, en lui disant :

— Quel est donc ce jeune homme qui cause si familièrement avec ta femme?

— Ma foi, répondit l'homme de lettres, je ne le connais guère plus que toi. Je crois avoir entendu dire qu'il est employé dans une administration publique, à la guerre, autant qu'il m'en souvient : c'est un charmant cavalier qui danse et valse à ravir, ce qui l'a mis tout à fait dans les bonnes grâces de ma femme. Elle sait peut-être son nom ; veux-tu que je le lui demande, quand il aura cessé de lui parler?

— Moi! je n'ai aucun besoin d'apprendre le nom de ce monsieur, et dès lors que tu y attaches toi-même si peu d'importance...

Théophile regarda fixement son ami, et partant d'un éclat de rire :

— Ah çà, s'écria-t-il, mon pauvre Georges, serais-tu par hasard jaloux?

Une légère rougeur colora le visage du capitaine.

— Au fait, reprit Théophile, un officier! c'est trop juste, on doit craindre les représailles. Quant à moi, mon cher, j'ai la plus grande confiance dans ma femme, n'ayant jamais eu l'honneur de porter l'épaulette, pas même celle de garde national, à laquelle je préfère de beaucoup la prison. Ainsi, tu conçois que ton observation ne peut m'effrayer.

— Je crois qu'on va danser, s'écria Georges Bérard un peu confus, et comme pour changer le cours de la conversation : veux-tu que j'invite ta femme pour le premier quadrille? Tu inviteras la mienne; nous nous ferons vis-à-vis.

— Comment! répondit Théophile, tu danses encore à trente-deux ans! Mais c'est sublime. Quant à moi, je pourrais te dire que je ne danse jamais par respect pour les muses ; mais cette soirée n'est pas comme une autre je veux bien faire un sacrifice pour toi. N'entends-je pas déjà le signal? Allons!

Ici, il y eut un léger tumulte occasionné par le déplacement des siéges et par la précipitation avec laquelle plusieurs jeunes gens s'élancèrent pour retrouver leurs danseuses, si bien que Boisroger et Bérard, heurtés et coudoyés de divers côtés, ne purent pénétrer qu'avec beaucoup de peine jusqu'à l'endroit du salon où leurs femmes avaient pris place. Lorsqu'ils arrivèrent, deux cavaliers se tenaient devant ces deux dames, attendant qu'il leur plût de leur abandonner la main. On a déjà deviné sans doute quels étaient ces deux cavaliers. Madame de Boisroger s'apprêtait à suivre le jeune bureaucrate, et M... le marquis de Maugiron, toujours calme et impassible, se tenait auprès de la belle madame Bérard, qu'une poursuite si obstinée paraissait mettre dans le plus vif embarras.

— Nous arrivons trop tard, s'écria gaîment Théophile ; c'est toujours ainsi pour les maris, et cela vient encore à l'appui de mon système, qu'un mari ne doit pas danser. A propos, tu connais donc M. le marquis de Maugiron, ce brillant dandy qui invite en ce moment madame Bérard?

— Non : pourquoi cette question?

— Je le pensais, pour l'avoir vu plusieurs fois dans la soirée adresser la parole à ta femme.

— Ah !... tu l'as vu?... balbutia Georges.

A ce moment une voix cria à l'entrée du salon :

— On demande deux rentrans à la bouillotte.

— Nous voici, mon ami et moi, répondit de Boisroger.

— Je ne jouerai pas ce soir, répartit vivement Bérard.

Presque au même instant, Emilie répondit à M. de Maugiron :

— Merci, monsieur, je ne danserai pas.

II

Espérances.

— Que dites-vous de cette jeune dame qui vient ici pour la première fois, et qu'on nomme, je crois, madame Bérard? demanda madame de Tourny à sa voisine, la femme du général D ***, une grosse dame de quarante-cinq ans, au teint couperosé, qui affectionne beaucoup les turbans, ce qui lui procure une vague ressemblance avec les Turcs de carnaval, et qui, sous cette invariable coiffure, sert de chaperon à mademoiselle sa fille depuis tantôt trois hivers, sans avoir encore pu lui trouver un mari?

— Moi? répondit la bonne madame D ***, qui, dans sa simplicité, n'avait fait aucune attention à l'inflexion de voix toute particulière avec laquelle madame de Tourny avait prononcé ces paroles, non plus qu'à la contraction de deux lèvres encore assez fraîches et rosées pour un visage de trente ans, je trouve que c'est une fort jolie femme.

— Oui, elle n'est pas mal, reprit madame de Tourny avec une bouche encore plus pincée qu'auparavant ; mais elle a trop l'air de le savoir.

— Vous croyez?... Elle a une bien belle voix, une voix qui va à l'âme.

— Oui, mais beaucoup trop forte ; on se croirait au théâtre, et puis elle vise à l'effet. Regardez-la avec un peu d'attention, voyez comme elle pose ! Je suis vraiment enchantée de ne pas être invitée pour cette contredanse. En même temps que cela me permet de me reposer un peu, je suis plus à mon aise pour observer. Ah ! ma bonne madame D***, il y a des momens où j'envie votre sort et où je voudrais que ma fille fût déja bonne à marier, pour pouvoir faire tapisserie. C'est si agréable !

— En vérité? répartit la femme du général avec son impertubable naïveté.

Madame de Tourny, pour toute réponse, abaissa sur sa trop candide voisine un de ces regards négligens et demi-voilés qui ont tant de signification, et qui, pour le moment, selon toute apparence, aurait pu se traduire par ces mots : Décidément, ma chère madame D ***, vous êtes stupide, car je ne pense pas un mot de ce que je viens de vous dire, et vous n'avez pas vu que je cherchais un compliment.

C'est que, veuve à trente ans d'un ancien fournisseur des vivres à l'armée d'Espagne, nommé Tourny, qui, à force d'entendre ses subalternes user à son égard de la particule, avait fini par la considérer comme son bien propre, madame *de* Tourny, bien que déjà sur le retour, ne manquait pourtant pas encore d'agrémens, et comme elle joignait à cela une fort jolie fortune, et qu'elle voyait beaucoup ce qu'on veut bien appeler le grand monde, elle était assez recherchée à l'époque où se passe cette histoire ; aujourd'hui elle s'est jetée dans la dévotion, vers laquelle, ainsi qu'on pourra le voir plus bas, elle était déjà portée par la nature de son esprit peu charitable.

— Eh mais! s'écria madame D***, poursuivant le cours de ses bévues, madame Bérard ne danse pas, est-ce qu'elle n'est pas invitée? c'est extraordinaire ; une si jolie femme ne devrait pas manquer une seule contredanse...

— Comment! interrompit madame de Tourny, vous ne savez donc pas ce qui s'est passé?

— Non, madame.

— M. le marquis de Maugiron l'avait invitée.

—En êtes-vous bien sûre? Le marquis ne danse jamais, il se contente de valser quelquefois.

— En effet : mais vous saurez que ce soir ce brillant dandy avait fait infraction à toutes ses habitudes ; il avait daigné se mettre en frais de conversation pour cette madame Bérard, lui qui n'adresse jamais la parole à une femme, à moins qu'elle ne soit marquise ou duchesse, et qui semble toujours déroger quand il quitte les salons de son faubourg Saint-Germain.

— Eh bien?

— Eh bien! elle a refusé de danser avec lui.

— Est-il possible? refuser de danser avec M. Horace de Maugiron! Oh! c'est trop fort ; mais elle ne savait peut-être pas qui c'était.

— Elle le savait parfaitement.

— Mais le marquis?....

— Le marquis a fait la chose du monde la plus impertinente ; il est sorti immédiatement du salon, comme s'il voulait nous donner à entendre par là qu'il était venu uniquement pour cette madame Bérard, et qu'il se souciait fort peu de tout le reste.

— Ah! que m'apprenez-vous là, ma chère madame de Tourny? On m'avait dit pourtant que de Maugiron ne s'appartenait pas dans ce moment.

— Oui, il ne quitte guère la baronne de Wilberg, la femme de ce médecin étranger qui mène un si grand train ; il est allé sans doute la rejoindre.

— Il paraît que cette dame Wilberg est une conquête plus facile que madame Bérard.

— Laissez donc! Entre nous, j'ai l'intime conviction que madame Bérard ne vaut pas mieux qu'elle ; elle a un peu plus de pruderie, voilà tout. Elle s'est aperçue que M. de Maugiron avait du goût pour elle, et elle ne lui a fait un si froid accueil que pour le stimuler davantage. C'est un manége tout comme un autre, qui peut réussir avec certaines natures d'hommes, et qui ne m'étonne nullement de la part de cette madame Bérard.

— Vous la connaissez donc?

— J'en ai entendu parler avant son mariage. C'était une jeune personne d'une très grande famille, qui pouvait prétendre aux plus beaux partis, et qui s'est sottement amourachée d'un petit officier, de ce M. Bérard, ce blond à moustaches que vous voyez là-bas. Une assez jolie figure, c'est vrai, mais un homme de rien, et puis, pas un sou de fortune! une véritable mésalliance!

En parlant ainsi, madame Tourny, dite *de* Tourny, n'était plus la femme d'un simple fournisseur ; son buste s'était redressé ; elle portait la tête haute, on eût dit qu'elle sentait poindre des talons rouges à ses souliers de satin blanc.

— Quand on aime, objecta timidement madame D***, qui avait aussi fait, dans sa jeunesse, un mariage d'inclination, on oublie bien des choses ; et la pauvre femme, sous son turban, poussa un profond soupir.

— Oui ; mais combien de temps cela dure-t-il? En attendant, voilà madame Bérard brouillé avec toute sa famille, par suite de son mariage ; car on dit que son mari a des opinions détestables, et que, dès les premiers jours de son union, il a trouvé moyen de s'aliéner ainsi tous les parens de sa femme. Et puis, il paraît qu'il est jaloux comme un tigre. Croiriez-vous qu'il ne veut pas laisser à sa femme la faculté d'aller voir sa tante, la vieille et respectable madame de La Roche-Bernard, qui vit seule dans son château, à quinze lieues de Paris? N'est-ce pas horrible?

— C'est peut-être qu'il ne veut pas se séparer d'elle.

— Oh! ne cherchez pas à l'excuser, ma bonne madame D***, il ne le mérite pas : je vous dis que c'est un républicain.

A ce moment, la contredanse étant terminée, Georges Bérard s'approcha de sa femme à laquelle il dit quelques mots à voix basse; Emilie pressa affectueusement la main de madame de Boisroger, qui était revenue prendre sa place auprès d'elle, puis elle se leva, et sortit appuyée sur le bras de son mari. Il y eut sur son passage comme un murmure de regret.

— Que vous disais-je? sécria madame de Tourny, voilà son mari qui la force à partir. Je suis persuadée que c'est lui qui lui avait ordonné de refuser M. Horace de Maugiron pour danseur.

A peine monsieur et madame Bérard avaient-ils quitté le salon, que les premières mesures d'une valse se firent entendre. Madame de Tourny s'empressa dès lors d'interrompre sa conversation, et de se mettre sous les armes; ce fut en pure perte. Soit qu'une teinte de maussaderie fût imprimée sur son visage et écartât d'elle les danseurs, soit tout autre motif, nul cavalier ne revendiqua l'honneur de presser dans ses bras la taille flexible de la charmante veuve. Cette fois, le rouge lui monta au visage, et réduite de nouveau à faire tapisserie, elle se promit bien de se venger de l'oubli où on la laissait, en exerçant sa langue aux dépens d'autrui. L'excellente madame D*** ne tarda pas à lui en fournir l'occasion.

— Voyez donc, lui dit-elle, comme madame de Boisroger et M. Emile Montalais valsent bien, et puis ils y mettent l'un et l'autre tant d'action, ils paraissent si heureux que cela fait plaisir à voir.

— En effet, répondit madame de Tourny, il est impossible de voir plus de sympathie. Tout à l'heure ils dansaient ensemble, maintenant ils valsent ensemble, et si le galop ne commençait à devenir un peu suranné, je ne doute pas qu'ils ne nous régalassent d'un nouveau duo, car ils sont tous deux inséparables, et je commence à croire que M. Montalais veut introduire ici la mode de son village, où l'on retient sa danseuse pour toute la soirée.

— Eh! madame de Boisroger pourrait tomber sur un plus mauvais choix. Ce jeune homme est fort bien.

— Oui, pour un commis de bureau; mais il est peu flatteur pour une femme de faire de pareilles conquêtes : un pauvre diable qui dîne à prix fixe et qui ne marche jamais que le parapluie à la main.

— Je ne sais si telle est l'habitude de M. Montalais, mais d'abord il fait toujours danser ma fille, et ensuite j'ai entendu dire au général que c'est un jeune homme d'une très bonne famille : son père était intendant ou commissaire des guerres, et il a conservé de très belles connaissances. Nous le rencontrons partout où nous allons.

— C'est possible; mais ne me parlez pas des soirées où l'on en est réduit pour danseurs à des bureaucrates. Je ne veux pour ma part avoir à celle que je donnerai la semaine prochaine que des auditeurs au conseil d'état, des fils de banquiers ou tout au moins des officiers d'état-major. Cela meuble bien un salon, et cela peut s'avouer.

— Vous aurez tort de ne pas inviter M. Montalais.

— Mais je ne vois pas, moi, qu'il valse si bien : d'abord il valse à trois temps, et ce n'est plus de mode : parlez-moi de valse à deux temps!

Comme madame de Tourny prononçait ces derniers mots, madame de Boisroger venait de se rasseoir sans attendre la fin de la valse, et Emile Montalais, s'approchant de la première de ces deux dames, lui dit :

— Puis-je espérer, madame, que vous voudrez bien me faire l'honneur de terminer cette valse avec moi? A la grande stupéfaction de madame D***, madame de Tourny laissa échapper un sourire, puis un *volontiers*, *monsieur*, prononcé du ton le plus gracieux. Bien plus, lorsque, la valse étant achevée, Emile vint reconduire sa valseuse à sa place, madame D*** put recueillir ces mots qu'il prononça fort distinctement :

— Croyez, madame, que je me ferai un véritable plaisir de me rendre à votre aimable invitation, et veuillez en agréer mes remercíemens.

— Comment ! ne put-elle s'empêcher de dire à madame de Tourny, avec une intention moqueuse contraire à toutes ses habitudes : vous avez engagé ce bureaucrate?

— Que voulez-vous, ma bonne madame D***, répondit la veuve du fournisseur, il faut toujours éviter de se faire des ennemis. D'ailleurs, ajouta-t-elle méchamment, je ne pouvais m'en dispenser, puisque j'aurai aussi madame de Boisroger.

Il pouvait être alors environ une heure du matin, lorsqu'une sorte de brouhaha retentit à la porte du salon. Un homme de trente-six ans environ, vêtu avec une extrême recherche, et la poitrine couverte de plusieurs ordres étrangers, au nombre desquels on voyait briller celui de la Légion-d'Honneur, venait de faire son entrée. C'était le docteur Wilberg, baron du saint-empire romain, médecin et diplomate cosmopolite, et de plus célèbre disciple d'Hahnemann, dont il promenait le système dans toutes les capitales de l'Europe avec le plus grand succès, passant alternativement l'hiver à Paris, le printemps à Pétersbourg, l'été à Bade ou à Tœplitz, et l'automne en Italie : un de ces hommes qu'on voit partout, que tout le monde connaît, et qui sont, en quelque sorte, l'accompagnement obligé de toute soirée comme il faut. La maîtresse de la maison ne l'eut pas plutôt aperçu, qu'elle fit quelques pas au devant de lui, comme pour lui prouver tout le prix qu'elle attachait à sa présence, et l'interrompant au milieu des salutations qu'il adressait en lorgnant de droite et de gauche aux trois quarts de l'assemblée :

— C'est bien aimable à vous, lui dit-elle, cher docteur, de nous consacrer quelques instans ; mais j'avais espéré que vous ne viendriez pas seul, et que madame Wilberg voudrait bien embellir aujourd'hui notre réunion, qui est la dernière, comme vous savez ; serons-nous donc privés du plaisir de la posséder ?

— Mon Dieu ! madame, répondit le docteur avec un léger grasseyement qui rappelait involontairement à l'esprit les manières des raffinés du Directoire, avec lesquels il avait d'ailleurs plus d'un point de ressemblance, ma femme avait pour aujourd'hui plusieurs soirées ; mais son désir était de ne point manquer à la vôtre, et j'espérais la rencontrer ici au sortir de l'Opéra... Quelque obstacle l'aura retenue : elle le regrettera vivement. Vous avez là, madame, une charmante réunion.

En parlant ainsi, le docteur fit une sorte de pirouette, et ayant aperçu madame de Boisroger, il s'empressa d'aller la saluer, et causa quelques instans avec elle. A peine l'eut-il quittée, qu'il se sentit prendre le bras.

— Docteur, lui dit-on, en l'entraînant dans une pièce écartée, est-ce que vous connaissez assez cette dame avec laquelle vous venez de parler pour présenter quelqu'un chez elle.

Pas n'est besoin de dire quel était l'interlocuteur du docteur Wilberg : celui-ci attacha sur Emile un regard plein de pénétration et de malice.

— Oui et non, répondit-il.

— Expliquez-vous; je n'ai pas l'habitude de deviner les énigmes.

— Celle-là pourtant n'est pas difficile, M. Montalais : oui, pour tout le monde : non, pour vous.

— Et le motif de cette injurieuse exclusion ?

— Boisroger est mon ami.

— Eh bien ?

— Et vous en tenez pour sa jeune femme.

— Moi !

— Avouez-moi cela en confidence.
— Vous vous trompez, docteur.
— Pourquoi voulez-vous être présenté ?
— M. de Boisroger reçoit chez lui des écrivains, des artistes distingués... Le soleil luit pour tout le monde, docteur ; ne m'enviez pas une part de ses rayons. Quel danger peut-il y avoir à ce qu'un jeune homme obscur comme moi soit admis dans cette maison ?.... Madame de Boisroger ne sait seulement pas mon nom.
— Vous croyez ?
— J'en suis sûr.
— Elle vient de me le demander.

III

Au coin du feu.

— En vérité, s'écria Théophile de Boisroger, sortant tout à coup d'un long silence, et froissant avec impatience un billet qu'on lui avait remis au commencement de la soirée, en vérité, je ne crois pas qu'il existe un être d'une activité plus tourmentante que mon éditeur ; au demeurant, le meilleur garçon de la terre, homme d'esprit, habile, et toujours prêt à obliger : mais avec toutes ces qualités-là il est insupportable.

Après cet anathème, Théophile se pencha vers la cheminée, prit les pincettes et se donna la satisfaction de faire brûler à petit feu le malencontreux billet.

Sur cette exclamation de son mari, madame de Boisroger, occupée à un ouvrage de broderie, leva les yeux, et, souriant de l'air tragi-comique de Théophile, lui dit d'une voix douce, calme et posée comme toute sa personne :

— De quoi te plains-tu, mon ami ?
— Eh ! parbleu !....

Cette seconde boutade fut interrompue par un : Ah ! suivi bientôt d'un éclat de rire. Le fauteuil sur lequel Théophile s'était penché en lui imprimant contrairement aux lois de l'équilibre une direction démesurée d'arrière en avant, s'était dérobé sous lui, et Théophile se trouvait assis au niveau du parquet.

Ce petit accident fit sortir madame de Boisroger de sa tranquillité habituelle.

— Es-tu blessé ? dit-elle en se précipitant vers lui. Elle lui tendit la main ; il la retint dans les siennes sans chercher à se relever, et fit signe à sa femme, agenouillée près de lui, de s'asseoir sur un coussin ; elle se prêta de bonne grâce à cette fantaisie.

— Eh bien ! demanda-t-elle, m'apprendras-tu maintenant d'où venait ta mauvaise humeur contre ce monsieur ? Je l'ai reçu quelquefois en ton absence, et je l'ai toujours trouvé fort aimable.

— Mon Dieu ! Louise, je ne lui en veux pas au fond du cœur ; mais il ne me laisse pas respirer. S'il avait vécu du temps de Scudéri, il se serait encore plaint de sa lenteur et de sa paresse.

— Qu'est-ce que ce Scudéri ? demanda madame de Boisroger.

— Thérèse (c'était le nom que Théophile, par une allusion ironique au ménage de Jean-Jacques, donnait parfois à sa femme), Thérèse, vous êtes une ignorante.

Pour en revenir à mon éditeur, comme mon dernier roman a eu du succès, il veut absolument que j'en fasse un autre, sans retard, et il m'écrit que demain matin à sept heures il sera chez moi. Je n'ai pas même un sujet, et ce soir il ne m'est pas venu l'ombre d'une idée. Ah ! continua-t-il en poussant un gros soupir, on nous croit heureux parce que nous n'habitons plus, comme autrefois, des mansardes ouvertes à tous les vents ! Et les gens de finance nous disent dans leur jargon : Cinq mille francs deux volumes ! diable ! monsieur, c'est fort joli ; car enfin, qu'est-ce que cela vous coûte ? vous n'avez pas de mise de fonds. Stupides industriels, qui savent qu'une chaudière s'use à la vapeur, et qui ne comprennent pas que la cervelle se dessèche vite au feu toujours ardent de l'imagination ! Notre mise de fonds, à nous, c'est l'intelligence qui crée et qui invente. Mais nous sommes les parias de la société, et la tâche imposée au juif errant était moins pénible que la nôtre. Il ne fatiguait que ses jambes : cet ordre impitoyable qui résonnait à son oreille : marche ! marche toujours ! nous le disons à notre esprit qui ne peut s'arrêter, sous peine d'être éclipsé, dépassé, mis au rebut comme une vieillerie, par le nombre sans cesse croissant des rivaux qui nous poussent, qui nous pressent, et par l'inconstance du public qui oublie l'œuvre de la veille pour l'œuvre du lendemain. Que l'écrivain dont tout Paris s'occupe se recueille quelques jours, c'est un homme mort ; et s'il ressuscite, ce sera pour voir sa place occupée par un nouveau venu qui aura profité de son silence pour battre le tambour et retenir la foule devant son enseigne. L'abbé de Saint-Pierre était un grand fou avec son projet de paix perpétuelle. Vois-tu, Louise, je souhaite que les faiseurs de protocoles embrouillent si bien les affaires, que d'ici à peu de temps il éclate une bonne guerre européenne qui fasse une rafle de quatre ou cinq millions d'hommes. Au moins, ceux qui resteront ne seront point étouffés.

Cette philippique terminée, Théophile tenant toujours la main de sa femme, et sans songer au manque absolu d'élégance de la position qu'il avait adoptée, appuya son menton sur ses genoux, et se mit de nouveau à réfléchir.

Quoique empreinte d'exagération, sa mauvaise humeur avait un côté raisonnable, et parfois il lui prenait de ces accès quinteux, lorsque son esprit fatigué hésitait entre le besoin du repos et la nécessité du travail. Ce n'est pas qu'il y fût forcé par un état de gêne ; mais il avait un rang à défendre, un nom à soutenir, et son talent était de ceux qui ne déclinent pas, à la condition de produire sans cesse, et qui sont immortels la vie durant.

Au théâtre qu'il exploitait, comme une source facile de bénéfices, il s'était fait une clientèle des collaborateurs inexpérimentés qu'il envoyait à la découverte ; il se comparait lui-même à une sorte de moule dramatique, où les idées des autres venaient se couler à froid, et recevoir une empreinte nécessaire. Mais son talent, sa véritable supériorité, étaient dans le roman d'analyse. Là, il régna d'abord sans partage, faisant l'anatomie du cœur, décrivant les nuances les plus fugitives du sentiment, épuisant toutes les coquetteries d'une phrase raffinée à dresser l'inventaire des ruses et des faiblesses des femmes. Il avait appuyé ses inventions de tant de théories spécieuses, qu'il était parvenu à faire croire à leur vérité. Il peignait un petit monde à part, plus musqué, plus élégant que le monde réel, et chacun s'était laissé prendre au piége en regardant dans ce miroir son image embellie. Le nom de Théophile avait déjà pénétré dans tous les boudoirs, causé de douces insomnies derrière les rideaux soyeux des alcôves parfumées, lorsqu'il épousa mademoiselle Louise Duchaffaut, charmante et honnête personne, la femme la plus femme du monde, douce, soumise, aimante, sans volonté, sans prétention au bel esprit, et qui ne savait où son mari avait trouvé le modèle de ses héroïnes, ne les ayant jamais, disait-elle naïvement, rencontrées nulle part.

Les manières de Théophile étaient celles d'un homme habitué au langage et aux mœurs d'une société élégante : mais chez lui, il reprenait tout le laisser-aller de l'artiste, le sans-façon de l'homme qui se repose, au contraire de sa femme, qui ne s'était jamais rendue coupable d'une simple négligence de toilette, du plus léger oubli des lois de l'étiquette intérieure, cette sauvegarde de la fidélité conjugale, cette seconde illusion de l'amour. Mais elle agissait ainsi plutôt par acquit de conscience que pour recevoir les remerciemens de son mari, trop préoccupé pour lui en savoir gré. Sans être douée d'une de ces organisations négatives pour qui la sagesse est chose si facile, Louise de Boisroger était vertueuse par nature. D'ailleurs, comment aurait-elle pu tromper un observateur aussi fin, aussi exercé que Théophile, qui découvrait toute l'histoire d'une passion dans un regard, dans un froncement de sourcil? Un peu moins de bruit et d'éclat, un peu plus de soins et d'assiduité lui eussent mieux convenu sans doute : ce soir-là, le tête-à-tête qu'elle avait amené habilement sans laisser deviner qu'elle le désirait, était une bonne fortune bien rare pour elle : mais malheureusement son mari n'avait jamais été dans une disposition d'esprit plus maussade. On a dit plusieurs fois que le cœur de la femme, avec ses petites passions personnelles, ses continuelles exigences, les mille devoirs qu'il impose, est l'écueil où viennent échouer les nobles facultés de l'intelligence : mais les femmes qui, infidèles à leur instinct de domination, ont négligé d'abord d'étendre jusque-là leur empire, expient assez tristement les succès des autres. Pour elles point de confidences, point d'intimité : le devoir, sans le charme qui le rend léger : pauvres martyres qui constituent une espèce intermédiaire entre la veuve et la femme mariée!

Il y avait déjà plus d'une demi-heure que Théophile de Boisroger se tenait dans la position d'un magot accroupi, lorsque sa femme se hasarda à rompre le silence.

— Comme tu es triste et rêveur! dit-elle : ne me parleras-tu pas? Pourquoi t'affecter si vivement d'une pareille contrariété? qu'as-tu besoin de tant travailler? nous manque-t-il quelque chose?

— Il ne te manque rien à toi, Louise, répondit Théophile : ce sont là de ces peines que les femmes ne comprennent pas.

— Mais, au moins, ne peuvent-elles les faire oublier?

En parlant ainsi, elle s'était penchée sur l'épaule de son mari. Celui-ci baisa la main qu'il tenait depuis long-temps dans les siennes.

— Tu as peut-être raison, dit-il. Il se retourna vers sa femme, et jamais elle ne lui avait paru si jolie. Il la regarda en souriant :

— Déjà onze heures! s'écria-t-il : en même temps, il allongea le bras et saisit le cordon de la sonnette.

— Que fais-tu mon ami? demanda Louise.

— J'appelle ta femme de chambre.

Elle répondit en rougissant :

— Adèle était malade ce soir, et je lui ai permis d'aller se reposer de bonne heure. Elle ne viendra pas.

— C'est donc moi qui la remplacerai?

— Si tu veux.

— A une condition : tu ne me gronderas pas pour mes maladresses.

— Oh! non, mon ami.

Louise ne venait nullement en aide à l'inexpérience de son mari. Quand il eut soulevé le fichu débarrassé de la dernière épingle :

— Qu'est-ce que cela? dit-il. Il saisit une lettre et regarda sa femme d'un air intrigué qui sembait vouloir dire : Dois-je rire, ou me fâcher?

Louise se rapprocha de lui et l'embrassa.

— Du moins, tu ne m'accuseras pas d'avoir pris mes précautions pour te cacher les billets doux que je reçois.

— Un billet doux, à toi!

— Mon Dieu! oui : une déclaration.

— Et de qui?

— Lis.

— Il n'y a pour toute signature que : *E. M.*

— Tu ne devines pas?

— Non.

— Au fait, j'oubliais, dit-elle, d'un ton de reproche, que tu ne t'occupes pas de ces choses-là. C'est d'un monsieur qui s'appelle Emile.

— Emile....

— Emile Montalais.

— Ah! un petit bureaucrate, employé au mistère de la guerre, qui a dansé avec toi hier au soir?

— Ne te fâche, pas, mon ami. C'est une sotte présomption de jeune homme : je n'ai pas même lu sa lettre jusqu'à la fin. J'aurais dû peut-être la déchirer sans t'en rien dire; mais il m'a semblé qu'il valait mieux ne te rien cacher. Je ne savais comment m'y prendre, et, n'osant parler, je me suis arrangée de manière à te laisser découvrir tout seul cette belle intrigue.

Théophile n'était pas jaloux. Jamais il ne lui était venu à l'idée que sa femme pût accueillir seulement l'ombre d'une pensée coupable : mais aussi jamais rien n'avait éveillé ses soupçons, et quoiqu'il y eût dans la conduite de Louise une franchise dont il sentait toute la délicatesse, cependant il tournait et retournait la lettre dans ses doigts, et il n'était pas encore certain qu'il suivrait la recommandation qu'on lui faisait de ne point se fâcher.

— C'est assez extraordinaire, dit-il enfin : on n'écrit pas à une femme sans croire qu'on peut risquer une pareille démarche.

— On peut le croire et se tromper : je t'en donne la preuve.

— Et je t'en remercie. Mais voyons, explique-toi. Ce monsieur t'a donc dit qu'il t'aimait?

— Jamais, mon ami. Hier au soir encore, je ne savais même pas son nom : je l'ai demandé au docteur Wilberg.

— Nous l'avons vu souvent cet hiver?

— Assez souvent : j'ai dansé avec lui parce qu'il cause d'une manière agréable : j'ai valsé, tu me l'as toujours permis, j'ai valsé avec lui parce qu'il valse bien.

— Mais enfin, Louise, qui lui a donné l'idée de t'écrire?

— Je l'ignore... il aura pensé que la saison des bals étant terminée, il ne me verrait plus, peut-être... je ne sais pas moi.... et je ne veux pas le savoir : ce que je veux, c'est que tu quittes cet air sérieux : si tu le gardes, tu me feras repentir de ce que j'ai fait, et je croirai qu'en pareille circonstance une femme ne doit pas avoir tant de franchise.

— Au fait, tu as raison Louise, et moi j'aurais tort de ne pas en rire avec toi... C'est un premier mouvement... c'est que je t'aime beaucoup, vois-tu?

Louise le regarda avec un air d'incrédulité moqueur et soumis en même temps, qui donna à sa figure une expression charmante.

— Embrasse-moi, et lisons ensemble cette épître. Veux-tu?

— Sans doute, je veux que tu la lises, et devant moi. Sans cela tu ne l'aurais pas trouvée.

Madame de Boisroger jeta un châle sur ses épaules : Théophile approcha du feu une causeuse placée entre la cheminée et l'alcôve, et fit asseoir sa femme auprès de lui.

— Comme ce monsieur écrit mal! dit-il, la main lui tremblait. Lis, toi, tu as déjà déchiffré son griffonnage.

Louise passa un de ses bras autour du cou de son mari, comme si, par un sentiment de pudeur, elle eût cherché dans la familiarité d'un amour innocent un refuge contre l'atteinte d'un amour coupable, et lut la lettre suivante :

« Je ne peux plus garder mon secret, madame : il m'échappe malgré » moi... une puissance irrésistible me force à le révéler... Qu'elle de-

» vienne ma ruine ou ma félicité, il faut que je lui obéisse :... elle m'a » vaincu. »

— Dieu ! que c'est bête ! dit Théophile : des phrases qui traînent partout... Voyons la suite.

« Et cependant, que vais-je faire ? perdre peut-être pour toujours le » seul bonheur qu'il me soit permis d'espérer ! celui de vous voir, ma- » dame, de m'approcher de vous, de sentir, comme hier, votre main pres- » ser la mienne... »

— Ne crois pas cela, mon ami, dit madame de Boisroger en interrompant sa lecture. C'est lui, au contraire...

— Je n'en doute pas... Continue, répondit Théophile, dont la physionomie s'épanouissait visiblement.

« Si vous alliez me bannir de votre présence ! si je ne devais plus entendre » cette voix dont les doux accens me troublent jusqu'au fond du cœur, » et que loin de vous je sens vibrer encore sur mes nerfs ébranlés !.. »

— Hein ? voilà qui est de la dernière impertinence : Dieu me pardonne, il a copié cette phrase-là dans un de mes romans ! Il se sert de ma prose pour séduire ma femme !... mais je lui revaudrai cela tout à l'heure.

— Que veux-tu dire ?

— Lis toujours... lis toujours... Et Théophile se frotta les mains d'un air goguenard et enchanté de lui-même.

« Ah ! madame ! que penserez-vous de moi après avoir lu cette lettre ? » que je suis bien insensé de l'avoir écrite ! Mais n'y a -t-il pas d'excuse » pour le malheureux dont la raison est égarée, et voudrez-vous punir » par la colère ou le mépris celui qui n'a pu vous voir sans vous aimer, » qui ne peut vivre sans vous le dire ?...»

— Eh bien ! mon ami ?...

— Je me vengerai! s'écria Théophile...

— En jetant sa lettre au feu...

Il retint le bras de sa femme, et se mit à réciter comme de mémoire :

« Monsieur, je cherche en vain dans ma conduite ce qui a pu vous au- » toriser à m'écrire. Si une pareille lettre était tombée entre les mains de » mon mari, que serait-il arrivé? j'aurais été compromise, perdue peut- » être ! Ah ! monsieur, que vous ai-je fait pour vous jouer ainsi de ma ré- » putation ? S'il est vrai que vous m'aimez, oubliez-moi comme j'oublierai » votre imprudence et votre folie. »

— Qu'est-ce que cela, mon ami ? dit Louise.

— C'est la réponse à la lettre de M. Emile.

— Et pourquoi lui fais-tu une réponse ?

— Pour la lui envoyer.

— Comment ?...

— Ma chère petite femme, il faut que tu me donnes la permission de mystifier ce petit monsieur.

— Mais, mon ami, tu écris en mon nom...

— Si j'écrivais au mien, je lui dirais : « Vous êtes un insolent et un fat ; nous nous couperons la gorge demain à telle heure. »

— Mon ami ! s'écria Louise tout effrayée.

— Sois tranquille : ma vengeance est moins dangereuse et plus divertissante.

Théophile avait tiré d'un petit pupitre des plumes et du papier, et commençait à écrire, tout en demandant un consentement dont il paraissait disposé à se passer. Madame de Boisroger dit d'un ton décidé :

— Je ne veux pas !

— Et moi, répondit Théophile, je le désire. Faut-il me mettre à tes genoux, te prier à mains jointes ?

Il n'en fit rien, mais il embrassa sa femme si tendrement, il lui dit avec un son de voix si doux et si caressant : — Songe donc aux bonnes soirées que nous passerons ensemble au coin du feu, à nous moquer de ce petit monsieur, à lire ses déclarations, ta main dans la mienne, ta tête appuyée sur mon épaule !... ne sera-ce pas délicieux ? que Louise, à l'idée de ces tête-à-tête dont son mari était si avare, et qu'elle avait tant de fois désirés, garda le silence.

Théophile traça un chiffre sur la lettre d'Emile.

— Numéro un ! s'écria-t-il : nous inscrirons la correspondance à mesure qu'elle arrivera. Ah ! je voudrais déjà voir le numéro deux. Ce malheureux jeune homme comme il va s'enferrer ! La situation est charmante, ma parole d'honneur ! Embrasse-moi encore... Minuit un quart ! bonsoir.

— Ah ! dit-elle.

— J'ai en tête une idée que je ne veux pas perdre. Je te dirai cela plus tard. Bonsoir.

Il prit une bougie sur la cheminée et s'éloigna.

— Ah ! à propos, dit-il en revenant sur ses pas, j'oubliais que ta femme de chambre est malade. Veux-tu que je t'aide ?

— Merci : je n'ai besoin de personne.

IV

Partie carrée.

On était au dimanche, jour de repos et d'allégresse pour la majeure partie de la population de Paris, jour de tristesse et d'ennui, pendant l'hiver surtout, pour cette classe privilégiée de gens de loisir qui composent le noyau de la haute société parisienne. Que faire, en effet, le dimanche, quand on est ce qui s'appelle du monde ? Ce jour-là, pas de soirées, pas de spectacles ; il serait de si mauvais genre d'y paraître ! De la foule dans les rues, une foule turbulente et parée dont la grosse joie agace les nerfs, et par un contraste choquant, toutes les boutiques fermées, comme en un jour de deuil public : en vérité, c'est une triste chose que le dimanche.

Ce dimanche-là pourtant il faisait un temps superbe. C'était une de ces tièdes et hâtives journées du printemps, comme il n'est pas rare d'en avoir à la fin de mars. Les oiseaux chantaient sur les toits et sur les hautes cheminées ; le ciel était bleu ; une teinte lumineuse et dorée colorait chaque édifice et presque chaque pan de mur ; l'air était comme embaumé, et tout Paris semblait s'épanouir aux rayons du soleil.

Dans une maison isolée de la rue de Larochefoucauld, une de ces maisons construites à la façon des *villa* italiennes, avec des péristyles, des colonnades, des sculptures à tous les entablemens et qui semblent faites uniquement pour servir d'asile aux amans et aux poètes, une jeune femme était assise à son balcon ; son menton était appuyé sur une de ses mains, et de l'autre elle soutenait un livre négligemment jeté sur ses genoux. De temps à autre et sans quitter cette attitude, elle levait ses beaux yeux bleus qu'elle tenait abaissés sur ce livre, et les arrêtait avec je ne sais quel sentiment de vague rêverie sur un massif de lilas planté à l'un des angles de la maison, et qui commençait déjà à se couvrir de feuilles, puis elle retournait à sa lecture, qui, selon toute apparence, captivait bien peu son attention, car depuis environ une demi-heure elle en était toujours à la même page. Enfin, un disgracieux bâillement vint troubler l'harmonie de sa fraîche et pure physionomie, et s'étant levée, elle appela sa femme de chambre.

— Adèle, lui dit-elle, voyez donc si mon mari est enfin seul dans son cabinet, et si je puis lui parler.

— Eh quoi ! répondit Adèle d'un air tout étonné, est-ce que madame n'a pas vu sortir monsieur ?

— S'il en était ainsi, répartit la jeune femme avec un peu d'humeur, je ne vous interrogerais pas.

— Je demande pardon à madame, reprit Adèle, mais comme j'avais vu madame à sa fenêtre, je pensais... C'est qu'il y a une heure au moins que monsieur est sorti avec un autre monsieur qui est déjà venu le voir plusieurs fois. Je crois même que c'est un directeur de spectacle, car je l'ai entendu qui disait à monsieur, sans doute en parlant d'une actrice : « Elle » refuse positivement de jouer ce soir ; elle prétend qu'il y a beaucoup de » chant dans son rôle et qu'elle a la poitrine très délicate. » Et monsieur, qui ne paraissait pas content du tout, a répondu : « Pauvre petite! c'est ce » que nous allons voir ! » Sans doute que monsieur est auprès de cette demoiselle à cette heure, et qu'il la détermine à jouer, n'est-ce pas, madame?

— C'est bien, s'écria assez sèchement la jeune femme, allez, je n'ai plus besoin de vous.

Ayant ainsi parlé, madame de Boisroger, car on l'aura reconnue sans peine, alla reprendre position à sa fenêtre ; mais elle avait au préalable jeté son livre sur un guéridon avec un petit mouvement de dépit, assez explicable pour celui qui aurait lu, sur la couverture glacée d'un beau jaune citron qui s'épanouissait sur le malencontreux in-octavo, ces mots magiques imprimés en lettres capitales du plus élégant modèle : *OEuvres de Théophile de Boisroger.*

Après ce léger acte de mutinerie conjugale, Louise, laissant tomber sa tête entre ses mains, s'abandonna au cours de ses réflexions. Quelle en fut précisément la nature, c'est ce qu'il serait peut-être difficile de déterminer, mais il est permis de penser que si la jeune femme se mit à récapituler les griefs qu'elle pouvait avoir contre son mari, celui qu'avait pu laisser dans son esprit la scène de la veille au soir ne fut pas oublié, non plus peut-être que l'incident qui y avait donné lieu.

Tout à coup le piétinement de deux chevaux qui tournaient l'angle que forme la rue Saint-Lazare avec la rue de Larochefoucauld vint la distraire de sa rêverie, et bientôt, au dessus du mur d'enceinte assez peu élevé qui s'étendait devant la façade de la maison, elle distingua une élégante calèche attelée de deux beaux chevaux blancs qui s'arrêta devant la grille. Une femme, dont la taille svelte et élancée se dessinait élégamment sous un mantelet de velours noir garni d'hermine, en descendit, et une minute ne s'était pas écoulée qu'Adèle annonçait à sa maîtresse madame Bérard. Celle-ci s'élança avec beaucoup de vivacité au devant de Louise, et, par un mouvement spontané, ces deux jeunes femmes, qui ne s'étaient jamais vues que quelques instans au milieu du tumulte d'une fête, s'embrassèrent tendrement, comme deux amies qui se retrouveraient après une séparation longue et pénible. C'est qu'en général il n'y a rien de brusque et d'instantané comme les amitiés féminines, surtout dans certaines dispositions de l'âme ; il semble alors qu'il y ait quelque chose de magnétique qui les attire l'une vers l'autre ; c'est une flamme soudaine qui s'allume sans foyer visible : c'est peut-être pour cela qu'elle s'éteint si facilement.

— Que vous êtes bonne de venir me surprendre ainsi ! s'écria madame de Boisroger en pressant les mains de la belle visiteuse qu'elle avait fait asseoir à ses côtés, et que je suis aise de vous voir!

— Et pourtant, reprit madame Bérard, qui sait si vous ne m'avez pas oubliée, depuis cette soirée où j'ai eu le bonheur de vous rencontrer pour la première fois, il y a trois grands jours de cela? Voyons, soyez franche avec moi, vous ne pensiez guère à moi que comme à une visite que vous seriez forcée de faire un de ces jours, une visite ennuyeuse dans laquelle il vous faudrait chercher des sujets de conversation...

— Oh ! pouvez-vous supposer?

— Ne m'interrompez pas, de grâce. Eh bien! moi, c'est tout le contraire. Depuis que je vous ai vue, je n'ai plus pensé qu'à vous ; je vous ai attendue avant-hier, je vous ai attendue hier, j'espérais que vous seriez comme moi, que vous voudriez sur-le-champ commencer nos nouvelles relations, que vous viendriez me voir ; car enfin je suis votre aînée, et de beaucoup ; j'ai vingt-trois ans.

— Et moi vingt.

— Vous voyez bien que c'était à vous à faire les premiers pas, trois ans de plus ! mais c'est presque du respect que vous me devez. Quoi qu'il en soit, aujourd'hui j'ai pris mon parti, je n'y pouvais plus tenir. Mon mari n'aime pas me voir sortir seule, même en voiture ; il est un peu jaloux, mon mari, peut-être vous en êtes-vous aperçue déjà ; mais il m'aime tant ! et moi je le lui rends bien. Cependant je lui ai désobéi, désobéi, entendez-vous cela ? Il avait des affaires qui devaient le retenir toute la journée ; je lui ai déclaré que je sortirais sans lui, et me voilà ; mais embrassez-moi donc encore.

— Bien volontiers, madame.

— Plus de madame entre nous, si vous voulez me prouver que mes soupçons n'étaient pas fondés. Je me nomme Emilie et vous Louise, appelez-moi Emilie, cela me rajeunira.

— Ah ! vous n'en avez pas besoin ; savez-vous que l'autre jour il n'y avait de regards que pour vous ?

— Flatteuse ! si vous n'étiez pas là! laissons le chapitre des complimens ; vous avez ici, chère Louise, une charmante habitation; ce boudoir est délicieux et meublé avec un goût...

— C'est mon mari qui a tout choisi.

— Cela ne m'étonne pas, et j'ai vraiment cru en entrant ici voir un chapitre d'un de ses romans mis en action. C'est un palais en miniature.

— Dites plutôt, Emilie, une maison de campagne, c'est si retiré.

— C'est ce qu'il faut pour le bonheur : mais qu'avez-vous, ma chère Louise ? vous me paraissez un peu triste, vous qui étiez si gaie le soir de notre rencontre.

— Moi ! Emilie, vous vous trompez. Je n'ai aucun sujet de chagrin.

— A la bonne heure ! Au fait, quel chagrin auriez-vous ? Tout vous sourit, et c'est un sort si doux que le vôtre. Epouse d'un homme de lettres ! Que de joies inconnues pour toute autre sont attachées à ce titre ! C'est vous, charmante fée, qui présidez à toutes ces créations tour à tour gracieuses, touchantes ou terribles, qui nous font palpiter le cœur ! Et puis, quel plaisir d'entendre bourdonner autour de vous dans un salon, dans un théâtre, ces mille voix qui prononcent avec respect, avec admiration, le nom de votre mari, et vous associent en quelque sorte à sa gloire ! Oh ! que notre vie à nous est pleine d'uniformité et de monotonie en comparaison de la vôtre !

Pendant qu'Emilie s'exprimait ainsi, et qu'au feu de ses paroles répondait celui de ses beaux yeux noirs, Louise hochait doucement la tête, et sans doute elle se disposait à opposer à l'enthousiasme romanesque de sa nouvelle amie quelques objections puisées dans son bon sens naturel, mais celle-ci ne lui en laissa pas le temps.

— En vérité, dit-elle, ne trouvez-vous pas que les rôles sont bien changés entre nous depuis l'autre soir ? Je suis sûre que vous m'aviez jugée d'humeur triste, et peut-être même un peu maussade. Oh ! je me rends justice ; mais que voulez-vous ! Il y avait là, près de nous, ce monsieur de Maugiron, ce fat, ce grand seigneur que je ne puis souffrir, et dont les yeux étaient constamment fixés sur moi. Connaissez-vous rien de plus insupportable que ces jeunes gens qui, parce qu'ils trouvent une femme à leur goût, se croient obligés de le lui faire comprendre de toutes les manières ? qui la regardent, qui viennent lui parler, sans presque être connus d'elle, qui l'invitent à danser... Oh ! jolie comme vous l'êtes, cela a dû vous arriver plus d'une fois, n'est-ce pas ?

Louise rougit beaucoup et balbutia quelques mots qui ressemblaient a une dénégation ; madame Bérard n'y fit point attention, et changeant tout à coup de discours :

— Ma chère amie, dit-elle, il fait un temps magnifique; il faut sortir, cela vous distraira : je suis sûre que tout Paris est au Bois. J'ai là ma voiture ; venez, je vous enlève.

— C'est que... je ne suis pas en toilette, et puis, mon mari est sorti.

— Raison de plus! J'ai bien abandonné le mien, moi. Je me suis insurgée, il me faut une complice. Oh! vous ne me refuserez pas la première chose que je vous demande ; c'est que je m'en fais une fête ; sortir sans Gorges! cela ne m'est jamais arrivé qu'une seule fois.

En parlant ainsi, madame Bérard se leva avec vivacité, et, courant à la cheminée, elle agita violemment la sonnette.

— Que faites-vous ? murmura Louise interdite.

— Je sonne votre femme de chambre pour votre toilette, à laquelle je veux présider.

Adèle entra.

— Que veut madame?

— Mademoiselle, dit madame Bérard, apportez à madame de Boisroger sa plus belle robe de ville et son plus joli chapeau.

Adèle regardait alternativement les deux jeunes femmes d'un air irrésolu. Louise sourit, puis elle dit :

— Faites ce que vous ordonne madame.

— Vous êtes charmante, dit Emilie à Louise en l'embrassant, et je veux que ce mot-là ait de l'écho aujourd'hui au Bois, où je vous prédis que nous aurons l'une et l'autre beaucoup de succès.

Une demi-heure ne s'était pas écoulée que la calèche de Bérard les emportait toutes deux avec rapidité.

Il y avait ce jour-là grande affluence au Bois et sur la magnifique avenue des Champs-Elysées. C'était un splendide pêle-mêle de cavaliers, de fiacres et de voitures de toutes sortes : telle de ces dernières était remarquée pour la richesse et l'éclat de ses panneaux, pour le luxe de son attelage, pour le fini de ses armoiries ; telle autre plutôt encore pour le contenu que pour le contenant. De ce nombre était sans contredit la calèche découverte en forme de berline dans laquelle se tenaient Emilie Bérard et Louise de Boisroger ; on se montrait avec complaisance ces deux jeunes femmes dont la physionomie si différente présentait deux types bien tranchés de grâce et de beauté, et dont le seul point d'analogie consistait alors dans le sourire plein de contentement qui errait sur les lèvres de chacune d'elles. Car quelle est la femme qui reste insensible au triomphe de ses charmes, et dont ce triomphe même ne rehausse pas encore tous les attraits? Toutes deux étaient muettes, et comme absorbées dans la contemplation de leur gloire. Au moment où leur voiture venait de franchir la barrière de l'Etoile, elle fut rejointe par une autre beaucoup plus riche, attelée de deux chevaux gris pommelé, et conduite à la Daumont par un jockey en veste collante de velours vert, avec la casquette de même étoffe et la culotte blanche. Cette voiture, dont les chevaux pur sang étaient d'une grande ardeur, eut bien vite dépassé la calèche de madame Bérard. Seulement, dans l'instant où elle se trouva à peu près sur le même niveau, un homme qui en occupait seul le dedans se pencha en avant, et fit un profond salut. Ce moment fut rapide comme l'éclair ; mais il avait suffit à madame de Boisroger, moins distraite peut-être que sa compagne, pour reconnaître l'heureux possesseur de ce bel attelage, et sans se rendre bien compte si c'était à elle que s'adressait sa politesse, elle s'inclina.

— Qui saluez-vous donc? demanda négligemment madame Bérard.

— Eh quoi ! répondit naïvement Louise, vous n'avez pas reconnu celui qui passait dans cette jolie voiture armoriée, qui file si vite là-bas, devant nous? C'est M. le marquis Horace de Maugiron.

Emilie pâlit légèrement et haussa les épaules; la voiture avait déjà disparu, et de nouveaux sujets d'observation s'offrirent à elles. Ce fut d'abord le docteur Wilberg, assis sur le devant d'un landau en face de deux actrices célèbres de l'Opéra-Comique. Soit qu'il fût complétement absorbé par les charmes d'une conversation qui paraissait des plus intimes, au moins avec l'une des deux femmes, soit plutôt qu'en homme qui sait son monde il crût devoir, en pareille circonstance, paraître profondément myope, toujours est-il qu'il passa devant mesdames Bérard et de Boisroger sans donner le moindre signe d'attention. Dans le sens inverse, car il revenait dans la direction des Tuileries, arrivait en même temps sur le milieu de la chaussée, par une course précipitée, une calèche découverte, escortée par une cavalcade assez nombreuse de jeunes dandys. Une femme seule occupait cette calèche. A peine Emilie et Louise l'eurent-elles aperçue, qu'elles ne purent réprimer un mouvement prononcé de surprise. En effet, l'une et l'autre venaient de reconnaître la femme du docteur Wilberg.

— Allons, s'écria madame Bérard, il paraît que c'est à la promenade comme au bal : chacun va de son côté. C'est un ménage bien exemplaire.

— Eh quoi! ma chère Emilie, ne le saviez-vous pas, reprit madame de Boisroger.

— J'en avais entendu parler assez vaguement; mais je ne me doutais pas qu'une femme qui appartient au grand monde, comme la baronne Wilberg, pût s'afficher à ce point.

Et voilà qu'avec cette intolérance qu'il n'est pas rare de rencontrer alliée avec la vertu la plus pure, les deux jeunes femmes se mirent à jeter, comme on dit vulgairement, feu et flamme contre l'horrible coquetterie de madame Wilberg.

— Je sais bien, s'écria Louise, pourquoi elle a donné l'ordre à son cocher d'aller si vite; c'est qu'elle va rejoindre quelqu'un au Bois.

— Qui donc? reprit madame Bérard, en cherchant à rassembler ses souvenirs.

— Eh! mon Dieu, c'est bien facile à deviner : ce beau monsieur de tout à l'heure, M. le Marquis de Maugiron.

— Ah!... vous croyez... répondit Émilie avec un peu d'émotion : ce monsieur est donc l'amant de toutes les femmes?

Comme elle achevait ces mots, la calèche venait d'entrer dans le bois de Boulogne, et un piétinement de cheval assez prononcé lui fit détourner la tête. Elle aperçut à la portière de droite, auprès de laquelle elle se trouvait placée, un cavalier qu'un intervalle de quelques pouces seulement séparait d'elle, et qui monté sur un magnifique cheval arabe des plus fougueux, le maîtrisait avec une grâce infinie. Ce cavalier s'étant retourné de son côté, et ayant penché sa tête presqu'au dedans de la voiture pour la saluer, elle ne put réprimer un léger cri d'effroi. Elle se trouvait en ce moment face à face avec la physionomie froide et hautaine du marquis de Maugiron. Ce dernier lui demanda avec le plus vif intérêt des nouvelles de sa santé. Émilie, pâle et tremblante, après avoir répondu une phrase banale, se retournait déjà de l'autre côté pour causer avec madame de Boisroger, lorsqu'elle s'aperçut que son amie, pleine de confusion et de rougeur, était également occupée à répondre à un autre cavalier qui caracolait à la portière de gauche. Ce cavalier était le jeune Emile Montalais.

A cet instant, passa, dans la voiture du général D***, madame Tourny, dite de Tourny, dont un sourire diabolique illumina le visage pendant qu'elle montrait à la bonne madame D*** cette touchante partie carrée.

V

Un Duel.

Six heures du matin venaient de sonner : les rues de Paris étaient à peu près désertes dans ces riches et élégans quartiers qui avoisinent les boulevarts. Le jour, obscurci par un brouillard épais et froid, glissait tristement sur les murailles des maisons, et faisait à peine pâlir la lueur immobile et rougeâtre des réverbères. On aurait dit une matinée de novembre plutôt qu'une des premières du printemps. Un homme parut au bas de la rue de Larochefoucauld, et la monta à pas lents et avec une préoccupation visible. Il était enveloppé d'un manteau qu'il avait pris moins peut-être pour se garantir de l'humidité, que pour dérober le fardeau dont il était chargé aux regards et aux commentaires des portiers, à qui le pavé appartient à cette heure. Arrivé environ aux deux tiers de la rue, devant la grille d'une petie maison construite à l'italienne, il fit un geste d'impatience et de désappointement en voyant tous les contrevents fermés, ce qui annonçait que tout dormait encore dans la maison, et qu'il ne pouvait entrer qu'en réveillant le concierge, et en s'annonçant d'une manière bruyante. Quel que fût son désir de franchir le seuil de cette grille, il aima mieux attendre, et s'éloigna en montant toujours dans la direction de la barrière des Martyrs. Environ un quart d'heure après, quand il revint, il trouva la grille entr'ouverte et le concierge bâillant devant la porte.

— Le domestique de M. de Boisroger est-il descendu? demanda-t-il,

— Oui, monsieur ; il est là, dans la cour.

— Appelez-le.

Julien accourut.

— Allez prévenir votre maître que quelqu'un veut lui parler en secret.

— Monsieur, veut-il me dire son nom?

— M. de Boisroger est le seul qui doit savoir que je suis venu ce matin chez lui. Montez, je vous suis.

Cinq minutes après, Théophile entra dans son cabinet et y trouva son ami, Georges Bérard.

— Comment, c'est toi! dit-il, tu m'avais en effet promis de venir me voir, mais tu es diablement matinal! Tu ne comptes pas rendre visite à ma femme à cette heure?

— Théophile, dit Georges Bérard en se débarrassant de son manteau et en posant sur une chaise une boîte à pistolets, nous avons renoué il y a quelques jours, une vieille amitié de collége, et je ne tarde pas à la mettre à l'épreuve. Je viens te prier de me servir de témoin.

— Tu as un duel?

— Oui.

— Avec qui?

— Avec quelqu'un que tu as vu à la soirée où nous nous sommes rencontrés : M. le marquis Horace de Maugiron.

— Et la cause de cette querelle?

— Ma femme.

— Ta femme!

— C'est-à-dire, répondit Bérard, la cause bien innocente.

— Explique-toi.

— Je n'ai aucun reproche à faire à Emilie : elle est sage, elle m'aime, j'en ai la certitude : mais je dois à son repos de la délivrer des poursuites d'un fat dont les assiduités pourraient donner naissance à de fâcheux soupçons. M. de Maugiron a daigné remarquer qu'elle est jeune et belle, et il affecte auprès d'elle un air d'aisance et de familiarité. Avant-hier encore, il paraît qu'au bois de Boulogne il s'est tenu constamment à la portière de la voiture et qu'il a obligé ma femme à quitter la promenade.

— C'est vrai, Louise me l'a dit.

— Emilie, qui connaît ma susceptibilité, ne m'en avait pas parlé ; mais je l'ai appris par cette lettre qui lui était adressée et que j'ai interceptée hier.

— Une lettre ! Il y a donc dans ce moment-ci un complot épistolaire contre les maris ?

— Que veux-tu dire ?

— Louise en a reçu une il y a trois jours d'un monsieur Emile Montalais.

— Emile Montalais ! ma femme m'a dit qu'au Bois il avait parlé à la tienne.

— Ah !... je n'en savais rien.

— Et qu'as-tu fait ?

— Georges, je ne serais pas plus que toi d'humeur à souffrir une atteinte portée à mon honneur, mais je ne prends pas tout de suite les choses par leur côté tragique, et je me contente maintenant de mystifier ce monsieur. Je te conterai cela.

— Chacun, en pareille affaire, est juge dans sa cause, répondit Georges : quant à moi, quoiqu'il résulte évidemment des termes de cette lettre, dont Emilie n'a pas eu connaissance, qu'elle n'a nullement encouragé cette démarche, je pense que la réputation d'une femme est chose si fragile, qu'on ne peut veiller sur elle avec trop de soin, et qu'il ne faut pas même l'exposer à être effleurée par l'apparence du mal. Et puis, pour tout dire, j'aime ma femme, je suis jaloux, et au moindre regard indiscret qu'on jette sur un trésor qui n'appartient qu'à moi, le sang me monte vite du cœur à la tête ; aujourd'hui je porterai la peine de ma jalousie excessive, ou je donnerai, dans la personne de M. de Maugiron, une bonne leçon à cette jeunesse dorée, pour qui nos mœurs corrompues sont encore trop sévères, et qui, pour vivre à l'aise, a besoin des scandales d'une autre régence.

— Soit ! dit Théophile. Mais d'après ce que tu m'as dit, et puisque ta femme n'a pas même lu cette lettre, il me semble qu'une explication...

— Non, répondit Bérard, mon parti est pris : n'essaie pas de me faire changer de résolution. Ce matin, pour ne pas me trahir en sa présence, j'ai résisté à la tentation d'embrasser Emilie, pour la dernière fois peut-être. Je ne céderai pas à tes conseils.

— Cependant...

— Refuses-tu de m'accompagner ?

— *Allons, seigneur, enlevons Hermione !*... Le rendez-vous ?

— Au bois de Boulogne. C'est là le théâtre d'une première offense : c'est là qu'il me faut une réparation.

— L'heure ?

— Sept heures et demie. Je n'ai pas rencontré hier M. de Maugiron. Je lui ai écrit, et j'ai reçu sa réponse. Je voulais te voir aussi, mais je n'ai pas eu le temps ; je pensais bien que je te trouverais toujours prêt. Mon ami, ajouta-t-il en lui prenant la main, le service que tu vas me rendre ne sera peut-être ni le dernier, ni le plus pénible. J'ai passé la nuit à mettre ordre à mes affaires et à écrire à ma femme. C'est toi qui lui annonceras la fatale nouvelle, si je succombe ; c'est toi qui la consoleras.

En prononçant ces paroles, Georges Bérard était ému : sa voix avait un accent triste et vraiment mélancolique, mais ferme en même temps. On voyait qu'il envisageait toutes les conséquences de son action, et qu'il l'accomplissait comme un devoir. Théophile ne chercha plus à le combattre D'ailleurs, par suite de son métier d'analyste, il en était venu à exagére une disposition naturelle de son esprit, celle de tout observer, de prendre note tout ce qui frappait ses yeux et ses oreilles. Rien n'arrivait plus à son cœur sans passer par la tête. On dit qu'un jour Talma, au milieu d'un accès de jalousie contre une femme qui le trompait, s'élançant sur elle, furieux, rugissant, plus terrible cent fois qu'il ne l'avait jamais été dans ses colères de théâtre, fut effrayé, en passant devant une glace, de l'expression de sa physionomie : il s'arrêta tout à coup, oubliant son amour et sa vengeance, posa devant lui-même, s'étudia, prit la nature sur le fait, et le soir épouvanta le parterre en récitant avec un accent inconnu jusque alors, les menaces d'Othello contre l'amant de Desdémone. Pour Théophile, Georges Bérard, inébranlable devant la pensée de la mort, et l'accueillant comme une chance probable, était une étude curieuse ; et l'ami qui, dans une heure peut-être, allait verser des larmes, disparaissait à son insu devant l'écrivain épiant un geste, un regard, le son de la voix, et étudiant déjà son modèle. Les hommes sont ainsi faits. Une seule faculté absorbe chez eux toutes les autres. Le talent est une préoccupation unique et constante, et le plus souvent il a sa source dans l'égoïsme calculé ou involontaire qui rapporte tout à soi.

— Partons, dit Bérard.

— Partons, répondit de Boisroger. Mais encore un mot : pourquoi te bats-tu au pistolet? Ce n'est pas d'usage entre gens comme il faut.

— J'ai été blessé, et je manie difficilement l'épée. Le marquis est prévenu. Ta femme ne sera pas inquiète de ton absence?

— Elle ne s'en apercevra même pas. Quel est ton second témoin?

— Le docteur Wilberg. Il m'attend chez lui : nous le prendrons en passant.

Les deux amis montèrent en voiture. Trois quarts d'heure après, Georges et ses deux témoins étaient au rendez-vous, mais seuls. Ils se promenaient en attendant sur l'étroit espace désigné pour le combat, lorsque Wilberg prêta l'oreille, croyant entendre dans le lointain un bruit semblable au galop de plusieurs chevaux. En effet, trois cavaliers courant à toute bride parurent à l'extrémité d'une allée. Une minute leur suffit pour franchir la distance qui les séparait de Georges. Le marquis sauta lestement à bas de son cheval couvert de sueur, l'attacha à un arbre, et ses deux compagnons en firent autant.

— Monsieur le marquis s'est fait bien attendre, dit Bérard.

— Je vous présente mes excuses, répondit Horace. Aussitôt votre lettre d'hier reçue, j'ai dû me procurer deux témoins. Comme les amis à qui j'aurais pu m'adresser ne sont pas actuellement à Paris, j'ai été relancer ces deux messieurs, MM. d'Esparbès, dans le château qu'ils habitent à Triel, et nous avons fait ce matin sept lieues pour avoir l'honneur de vous rencontrer : sept lieues en deux heures, par des chemins abominables. Mais j'ai gagné cent louis à ces messieurs, qui, pour suivre *miss Clarisse*, ajouta-t-il en désignant sa jument du bout de sa cravache, ont été obligés de lancer *Tancrède et Frantz* à fond de train.

De Boisroger, cédant toujours à sa manie d'observation, tourna les yeux du côté de *miss Clarisse*, qui regardait son maître, le jarret frémissant, l'oreille droite et les naseaux en feu.

— Quelles belles formes ! dit-il.

Issue de *Sylvain* et de *Tempête*, répondit Horace. L'année prochaine, si Dieu me prête vie, je vaincrai lord Seymour. C'est une justice à lui rendre, sous ce rapport, nous devons beaucoup à ce petit Thiers ; il a compris que c'était là une gloire nationale : et ma foi, c'est à peu près la seule bonne chose qu'on ait faite depuis l'anecdote de juillet.

Théophile et Wilberg sourirent, Bérard haussa les épaules et s'approcha d'Horace, qui s'essuyait le front.

— Quoique vous soyez en retard, monsieur, je puis attendre encore quelques minutes ; la rapidité de votre course vous a fatigué, et votre main doit trembler.

— C'est vrai, dit Horace en ajustant un arbre avec un de ses pistolets;

mais j'ai le temps de me reposer pendant que nous réglerons les conditions du combat, si pourtant vous tenez absolument à vous battre.

— Monsieur, répondit Georges, il me semble que nous ne nous sommes pas donné rendez-vous pour une partie de plaisir.

— Sans doute ; mais peut-être pour une explication qui n'a pas eu lieu, et qui peut vous satisfaire. Je vous l'offre sans hésiter, monsieur. Je ne suis pas un duelliste de profession, mais j'ai déjà eu cinq duels dont je suis sorti avec courage et bonheur.

— Je n'en ai eu qu'un, et j'ai été blessé, répondit Bérard. Etes-vous prêt, monsieur ?

— Un instant encore : j'ai quelques paroles à dire, veuillez les écouter, et si votre résolution reste la même, je suis à vous. Messieurs, ajouta-t-il en s'adressant également à Théophile, au docteur Wilberg et aux deux d'Esparbès, vous connaissez le sujet de notre querelle. Je n'ai pas à reconnaître ici le droit qu'a mon adversaire de se croire offensé, ni à m'expliquer sur ma conduite ; mais je déclare hautement que celle de madame Bérard est irréprochable, que les torts sont de mon côté. Ce que je dis là, monsieur, je l'ai écrit : et comme cette aventure pourrait avoir un retentissement fâcheux pour l'honneur d'une femme, je vous prie d'accepter cette lettre en échange de la première : et si vous vous déclarez satisfait, l'affaire en restera là. Je risquerais volontiers ma vie pour prouver que j'étais digne d'une faveur qu'on m'aurait réellement accordée ; mais je désire que vous n'exposiez pas la vôtre pour donner une apparence de vérité à ce qui n'est qu'un mensonge, car on mesurera peut-être la gravité de l'affront à la vengeance.

Les quatre témoins, après avoir échangé un coup d'œil, allaient, par le même mouvement, accueillir une proposition aussi loyale, quand Georges fit signe au marquis de se préparer.

— Comme il vous plaira, dit Horace. Quel que soit le sort du combat, n'oubliez pas, messieurs, ce que j'ai dit, et ce que je répète : La conduite de madame Bérard est irréprochable.

Il fut convenu que les deux adversaires seraient placés à quarante pas, qu'ils tireraient à volonté, en pouvant avancer l'un sur l'autre jusqu'à la distance de quinze pas. Pendant qu'on mesurait le terrain, Bérard cherchait à écarter l'image et le souvenir de sa femme, et Horace fumait une cigarette qu'il venait d'allumer.

Ils se placèrent en face l'un de l'autre, aux deux extrémités de la lice qu'ils allaient ensanglanter, se mesurèrent un instant du regard, et marchèrent : une double détonation retentit en même temps. L'un des deux tomba frappé d'une balle.

VI

Lequel des deux.

Georges Bérard, ainsi qu'on peut en juger par sa conduite, était réellement amoureux de sa femme. Ce n'était pas seulement un point d'honneur exagéré, mais une jalousie excessive, peut-être sans motif suffisant, qui l'avait poussé tout d'abord à appeler en duel le marquis de Maugiron ; et une fois ce parti pris, Georges n'était pas d'un caractère à reculer, quand bien même il eût reconnu qu'il avait tort. Mais, loin de concevoir des doutes à cet égard, la réflexion n'avait fait que l'affermir dans sa première résolution. L'amour, qu'il ressentait vivement, lui semblait presque une faiblesse: il le subissait, mais en ne lui cédant que ce qu'il ne pouvait défendre. Une femme était pour lui un être frivole, d'une intelligence inférieure, exposé par sa nature à céder facilement à la séduction, et qu'il fallait conduire par la main, comme un aveugle dans un chemin semé de piéges. Cette première tentative, si elle fût arrivée jusqu'à sa femme, aurait assurément tourné à la confusion de celui qui l'avait faite : mais une seconde, mais une troisième aurait peut-être été plus heureuse, et il avait pensé qu'il était prudent de les prévenir et de mettre fin brusquement aux espérances d'un homme qui avait pour réussir les deux puissans moyens de succès devant lesquels toute vertu s'incline à la longue : la volonté et le temps. Ainsi, tout l'avait fortifié dans son dessein. D'un côté, l'amour, ce terrible égoïste, ce propriétaire avare et soupçonneux qui ne rêve que surprises et vols; d'un autre, un sentiment d'orgueil, qui faisait de lui un protecteur nécessaire, et, si de tristes prévisions passaient dans son esprit, au lieu d'ébranler son courage, elles l'affermissaient encore; car il les acceptait comme la conséquence forcée de sa position de mari. Au fond, il raisonnait de la même manière que son ami Théophile de Boisroger ; seulement celui-ci y mettait des formes moins rudes. L'un disait à sa femme : Ne crains rien, je suis de moitié dans le secret et je veille sur toi ; l'autre tenait à le prouver avant de le dire. Boisroger voulait tuer par le ridicule, Bérard avait choisi une arme plus meurtrière. Le premier se laissait attaquer et attirait l'ennemi pour l'envelopper plus sûrement ; le second, comme une sentinelle qui outrepasse sa consigne, faisait feu avant de crier qui vive.

Quoiqu'il se crût bien maître de lui, cependant Georges, dans la soirée qui avait précédé le duel, n'avait pu dissimuler entièrement sa préoccupation. Mais la cause en était demeurée inconnue à sa femme : elle l'avait attribuée à des affaires d'intérêt et aux soins d'un procès dont l'issue était douteuse. Elle n'avait demandé aucun éclaircissement à son mari, sachant par expérience qu'elle n'obtiendrait aucune réponse catégorique. Seulement, lorsqu'il l'avait quittée le soir pour rentrer dans sa chambre, elle avait cru remarquer une sorte d'attendrissement dans ses adieux, une espèce d'hésitation qui contrastait avec la nécessité absolue où il était, disait-il de travailler toute la nuit. Enfin, il lui avait semblé que la manière dont il lui avait serré la main indiquait une émotion intérieure qui ne lui était pas habituelle. Les femmes qui, dans une position de fortune comme celle de madame Bérard, n'ont guère ici-bas qu'à s'occuper d'elles, qui vivent entourées sans cesse des mêmes objets, soumises le lendemain aux devoirs de la veille ; dont l'intelligence n'aborde aucune spéculation, aucune idée générale, et s'exerce constamment dans un cercle rétréci, attachent de l'importance et de la valeur à mille petites circonstances indifférentes pour les hommes. Quel est l'homme, par exemple, qui, sur un geste, un regard, devinera qu'une pensée secrète vient d'entrer dans l'esprit de sa femme ? Quelle est la femme, au contraire, qui ne prend l'éveil au simple nom, prononcé pour la première fois devant elle, d'une autre femme qui peut devenir sa rivale ? Pourquoi celle-ci plutôt que celle-là lui porte-t-elle ombrage ? On s'en étonne : on appelle cela un pressentiment, et l'on oublie que ce prétendu instinct n'est qu'une opération logique et qui tire les conséquences naturelles de ses prémisses. C'est sans doute à cette science profonde de l'interprétation que les femmes doivent leur incontestable supériorité dans l'art si difficile de mentir. Sachant pourquoi on ne les trompe pas, elles savent comment on peut tromper.

Il n'y avait pas une heure que Georges Bérard était sorti, lorsque sa femme se réveilla. Les remarques qu'elle avait faites la veille au soir avaient pendant toute la nuit occupé sa pensée, et s'étaient plusieurs fois reproduites dans des rêves qui ne sont peut-être que le développement fantastique d'une idée dont le germe a été déposé avant le sommeil. Du moins, ce fut ainsi que pour elle et à son insu la chaîne de ses réflexions se trouva renouée tout à coup. Son premier mouvement fut de se lever, et, après avoir revêtu une toilette du matin, elle passa dans le cabinet de son mari. Ne le voyant pas, elle frappa à la porte de la chambre à coucher : personne ne répondit. Elle prit le parti d'entrer : le lit était intact, Georges ne s'était pas couché. Que penser de cette veille prolongée pendant toute la nuit, et suivie d'une disparition si matinale? Elle appela les domestiques : aucun d'eux n'avait vu sortir M. Bérard. Son étonnement augmentait : ses craintes vagues, confuses encore, et ne sachant où s'arrêter, devenaient d'autant plus vives que devant les domestiques elle avait affecté un air d'indifférence. Restée seule, elle rentra dans le cabinet. Une bougie presque entièrement consumée était sur le bureau : des gouttes de cire à cacheter avaient laissé leur empreinte refroidie le long du flambeau : plusieurs feuilles de papier tachées d'encre étaient éparses çà et là, et la poudrière était renversée, comme si une main tremblante et distraite eût causé ce désordre et eût oublié de le réparer. Madame Bérard s'approcha. Sur un de ces morceaux de papier tout froissé, étaient écrits des mots sans suite, des phrases inintelligibles, des chiffres, et son nom plusieurs fois répété. Elle cherchait à deviner ce grimoire ; elle lut ce mot : *Adieu*. A qui s'adressait-il? à elle? Mais dans sa pensée il ne devait donc plus la revoir! Et pourquoi la fuyait-il? quel malheur la menaçait? Elle réfléchit quelques instans, immobile et muette, perdue dans le dédale de ses craintes et de ses suppositions. Puis, une idée traversa son esprit comme un éclair : elle s'élança vers la bibliothèque, l'ouvrit précipitamment, et renversant pêle-mêle une rangée de gros in-octavo, saisit une petite clé dans cette cachette, où son mari, qui n'avait rien à tenir secret, mais qui connaissait la manie des femmes pour les inspectnios domiciliaires, était bien convaincu qu'elle n'avait jamais porté la main. De là, elle marcha droit à une armoire où Georges serrait ses pistolets, et voyant que la boîte n'y était plus elle s'écria :

— Il est parti pour se battre!

Sans hésiter, car une fois qu'une impression quelconque avait ébranlé ses nerfs, elle suivait jusqu'au bout la pente où la lançait son imagination, sans hésiter, elle regagna sa chambre, donna ordre, qu'on lui amenât une voiture, et s'habilla tellement à la hâte qu'elle était prête à partir avant que le fiacre fût arrivé. De quel côté fallait-il se diriger? Par un pressentiment instinctif, elle se fit conduire d'abord chez Théophile : on lui dit qu'il était sorti avec un monsieur qu'on lui désigna et qui était venu le chercher de grand matin, que tous deux étaient montés en fiacre et s'étaient fait conduire au faubourg Saint-Honoré chez le docteur Wilberg. Haletante, éperdue, elle se rendit chez ce dernier, et là on lui indiqua le chemin que la voiture avait pris. C'était celui qu'il fallait suivre pour aller au bois de Boulogne. Pendant tout le trajet, elle versait des pleurs, des palpitations violentes l'étouffaient : les chevaux lancés au galop imprimaient à la voiture des secousses qui meurtrissaient sa tête, et cependant cette marche rapide lui semblait frappée d'immobilité. Du fond de cette prison roulante, elle priait, promettait de l'or au cocher, elle s'indignait de sa lenteur, elle s'accusait elle-même d'un retard involontaire, comme si dans ce moment la vie de son mari eût dépendu d'elle seule, comme si le hasard devait la conduire nécessairement sur ses traces et la jeter entre les combattans. La voiture franchit la porte Maillot, et au bout de quelques pas s'arrêta.

— Par ici, s'écria madame Bérard, et elle indiqua de la main la seconde allée à droite qui conduit à Madrid. Quand elle eut laissé à sa gauche le kiosque, après y avoir demandé des renseignemens qu'on ne put lui donner, elle s'aperçut combien sa recherche était incertaine, sans guide dans cette immense étendue de bois. Néanmoins, elle poursuivit. Penchée à l'une ou à l'autre des portières, elle plongeait un regard inquiet dans les allées désertes, dans les massifs dépouillés : elle écoutait si des voix humaines, si l'explosion d'une arme à feu ne romprait pas le bruit monotone de la voiture criant sur le sable. Plusieurs fois, cédant à son impatience, elle était descendue : arrêtée sur le bord des allées, elle croyait entendre des pas résonner dans le lointain : elle appelait, et si l'écho lui renvoyait un accent menteur, elle se dirigeait de ce côté, foulant aux pieds les ronces vivaces et les feuilles mortes trempées par la rosée, et écartant de ses mains nues les branches qui se croisaient devant elle. Puis elle repartait et se faisait conduire dans un autre côté de cette vaste solitude, sans s'apercevoir que la fatigue brisait ses membres et que l'humidité du matin déposait des gouttes glaciales sur ses cheveux et sur son front brûlant.

Pauvre femme qui ignorait que le combat était terminé, et que le sort avait désigné la victime !

Après cent détours, après vingt allées parcourues au hasard, la voiture traversa la route centrale qui mène à Suresne, et prit en face un chemin sombre et qui s'étend à perte de vue en ligne droite sous l'ombre toujours épaisse de grands arbres verts. Mais au milieu de l'allée, un des chevaux, effrayé par un arbre penché sur le chemin comme un bras menaçant pour défendre le passage, s'abattit et ne put se relever. Madame Bérard s'élança hors de la voiture, jeta sa bourse au cocher, et s'aventura dans cette partie du bois, qu'en toute autre circonstance elle n'eût osé traverser seule. Partout le même silence, la même solitude. Elle prit un sentier à gauche marcha long-temps sans rien voir, et arriva enfin près d'une espèce de clairière : elle la franchit en courant, car à l'extrémité opposée elle avait aperçu comme une forme humaine qui se baissait et se relevait derrière les arbres. C'était une jeune fille dont les vêtemens délabrés annonçaient une profonde misère, et qui, usant d'une permission accordée à quelques malheureux, entassait dans un lambeau de toile des branches sèches.

— Mon enfant, dit madame Bérard, avez-vous rencontré ce matin, dans le bois, quelqu'un? Vous a-t-on dit que deux hommes s'étaient battus en duel?

La jeune fille la regarda d'un air hébété.

— Répondez-moi, de grâce, répondez !

— J'ai entendu, il y a une heure à peu près, le bruit d'un pistolet, et Pierre, qui était avec moi, m'a dit : — En v'là qui se descendent. Est-ce ça que vous cherchez, madame?

— Oh! mon Dieu ! sécria Emilie : une heure déjà ! l'un des deux a été frappé, a succombé.... lui peut-être ! Et ce bruit d'où venait-il ? de cette partie du bois ?... Parlez, mais parlez donc ! Où faut-il que je coure pour retrouver leurs traces ?

— Par là, répondit la mendiante.

— Conduisez-moi ; seule, je m'égarerais encore... je perdrais du temps... Conduisez-moi !

Elle la prit par le bras, et voulut l'entraîner : mais la jeune fille ne bougea pas.

— Par pitié, ne me refusez pas... je suis si malheureuse !

— Et moi, madame !

— Je n'ai pas d'argent, il ne me reste rien, j'ai tout donné, dit madame Bérard en joignant les mains avec désespoir. Ah ! tenez, mon enfant, prenez, prenez... Elle lui remit une bague qui brillait à un de ses doigts.

— Dame ! faut pas m'en vouloir, dit la jeune fille : c'est la misère, et puis mon père qui me bat quand je ne rapporte rien. Mais avec ça il aura de quoi boire pendant huit jours, et il me laissera tranquille. Merci, madame.

Elles partirent toutes deux, et celle qui soutenait avec le plus de courage la fatigue d'une marche forcée et pénible n'était pas la mendiante

— Ce doit être ici, madame; mais je ne vois rien.

Elle jeta un cri.

— Qu'est-ce donc ? demanda Emilie.

— Rien, madame : j'ai eu peur, je ne sais pas pourquoi.

A ses pieds étaient des traces de sang fraîchement répandu. Elle se retourna vivement, et dit :

— Suivez-moi : je crois que j'aperçois quelqu'un.

Elle n'avait cherché qu'un prétexte pour s'éloigner de cette place : mais elle avait dit la vérité sans le vouloir. Elles se trouvèrent en face d'un homme qui demanda à la jeune fille :

— Où vas-tu donc, Annette?

— Je conduis madame. Mais, père Larrieu, vous pourrez peut-être lui donner des renseignemens.

Larrieu mit la main à son bonnet, et saluant madame Bérard :

— Que voulez-vous savoir?

— Un duel a dû avoir lieu ce matin... il y a une heure... Cette jeune fille a entendu le bruit d'une arme à feu... Où se sont-ils battus?... Le savez-vous?... Qu'est-il arrivé... Les avez-vous vus, monsieur?

— Je sais qu'un homme a été blessé.

— Son nom, vous l'a-t-on dit?

— Je l'ignore. On l'a transporté dans une maison qui n'est pas éloignée d'ici, et qui appartient à un médecin de Paris.

— Le docteur Wilberg?

— Oui.

A cette réponse, les forces de madame Bérard furent près de l'abandonner : ses genoux fléchirent, sa vue s'obscurcit, et Larrieu fut obligé de la soutenir.

— Sommes nous encore bien loin de cette maison? dit-elle.

— Vous êtes à deux cents pas de la porte du bois, et c'est la quatrième maison sur l'avenue.

— Partons! partons!

Elle s'éloigna rapidement, accompagnée d'Annette. Larrieu la regarda quelque temps et dit en reprenant son chemin :

— Pauvre dame! si le blessé est son mari ou son amoureux, elle n'est pas au bout de ses pleurs. Il paraît, à ce qu'on m'a dit, qu'il aura du bonheur s'il en réchappe.

Plusieurs personnes étaient rassemblées près de la maison du docteur Wilberg, car il ne saurait arriver un événement, si imprévu et si secret qu'il soit, que le bruit ne s'en répande aussitôt et n'attire un essaim de curieux bourdonnant autour de la nouvelle fraîche éclose.

Madame Bérard allait entrer, lorsque sur le seuil de la porte parait Théophile.

— C'est donc vrai? s'écria-t-elle : laissez-moi le voir!

Mais avant que M. de Boisroger eût eu le temps de lui parler, elle poussa un grand cri et tomba à moitié évanouie dans les bras de son mari.

— Emilie! dit celui-ci en cherchant à la ranimer par ses caresses, et en l'entraînant dans une salle du rez-de-chaussée : Emilie! pardonne-moi le tourment que je t'ai causé.

Elle rouvrit les yeux.

— Tu n'es pas blessé? dit-elle.

— Non, répondit Georges, le sort a été juste.

— Pourquoi t'es-tu battu? Quel était ton adversaire?

— M. de Maugiron.

— Lui! ah! mon ami! et tu as cru que tu avais besoin d'exposer ta vie!

Georges lui montra la lettre qu'il avait interceptée.

— Il avait osé m'écrire! c'est indigne!..... Jamais, mon ami, jamais un mot de ma part n'a pu lui faire supposer....

— Je le sais, Emilie : cette lettre même en est la preuve, et avant le combat, M. de Mangiron l'a déclaré hautement.

— C'est vrai, ajouta Théophile : il s'est conduit en galant homme.

— Il n'a dit que la vérité, reprit madame Bérard, et je ne lui dois aucun remerciement. Ainsi tu l'as blessé dangereusement?

—Oui.

— Tué peut-être?

— J'espère que non.

En ce moment, le docteur Wilberg descendit.

— Eh bien? demanda Théophile.

Wilberg secoua la tête.

— Je ne puis rien dire encore ; la blessure est affreuse. Il a payé cher une étourderie de jeune homme.

— Partons, mon ami, dit madame Bérard à Georges.

VII

Trois à trois.

— Numéro deux ! s'écria de Boisroger en brisant le cachet d'une lettre. Quand je te disais, Louise, qu'il écrirait de nouveau. Ce jeune homme est d'une naïveté charmante. Il est impossible de voir quelqu'un se prêter de meilleure grâce à une mystification... Oh! oh!... trois pages!... « Madame... »

— Je suis prête, dit madame de Boisroger : descendons.

— Nous avons encore le temps : Je ne t'ai jamais vue si pressée.

Elle était debout devant la cheminée, et tira doucement le cordon de la sonnette sans que son mari s'aperçût de ce mouvement. Théophile, qui avait commencé à lire les premières lignes, partit d'un éclat de rire.

Ecoute donc le début, Louise.

— Madame a sonné? demanda la femme de chambre en entrant.

Madame de Boisroger ne répondit que par un signe de tête négatif, et s'adressant à son mari :

— Viens-tu?

— Allons ! dit Théophile, je ferai la réponse ce soir.

Il mit la lettre dans sa poche, et suivit sa femme. Ils se firent conduire au Théâtre-Italien, qui donnait ce soir-là sa représentation de clôture, en qui finissait la saison, comme il l'avait ouverte, par les *Puritains*, cet long et filandreux opéra qui est aux chefs-d'œuvre qu'il a momentanément détrônés ce que les quatuors de Pleyel sont aux quatuors d'Haydn. Emilie Bérard avait offert à madame de Boisroger deux places dans la loge qu'elle occupait une fois par semaine, et que l'absence de deux personnes qui la partageaient ordinairement avec elle, laissait à sa disposition. Louise avait accepté, car c'était un plaisir dont elle était privée depuis deux années. Théophile, autrefois fanatique de la musique italienne, était resté fidèle à ses préférences, aux idoles qu'il avait encensées : il en parlait comme un vieillard des plaisirs de sa jeunesse. Il avait écrit son premier feuilleton en sortant d'une représentation de *Tancrède*, chanté par Pasta au temps de ses triomphes. Plus tard, Pisaroni et Sontag l'avaient initié aux merveilles de l'art du chant, et de la troupe actuelle il n'amnistiait que Lablache et Tamburini ; il disait sérieusement que la décadence datait de madame Malibran, dont des âmes moins ardentes avaient remplacé l'inspiratiou soudaine et la verve un peu décousue par des cris périodiques et une exagération calculée. C'étaient autant de blasphèmes pour la presque unanimité des dilettanti, si sévères parfois, et parfois si indulgens; mais qu'il eût tort ou raison, Théophile, semblable à ces gentillâtres qui boudent la nouvelle cour, attendait dans une superbe indifférence le retour du bon goût et la fin du règne de Bellini. En cédant au désir de sa femme, il faisait donc un acte de complaisance fort méritoire à ses propres yeux ; mais il s'était bien promis d'immoler sans pitié tout ce qui lui paraîtrait mériter sa colère, et la lettre d'Emile était venue redoubler cette disposition à l'épigramme et à la satire.

Quand ils entrèrent, la loge était vide encore : la salle se remplissait lentement, avec ordre, avec calme, et si Théophile l'eût osé, il serait descendu dans le foyer, alors à peu près désert, pour lire la lettre qu'une de ses mains froissait dans la poche de son habit et qui brûlait ses doigts. L'arrivée de Georges et de sa femme mit fin à cette tentation. Louise demeura assise à droite de la loge qui était un peu sur le côté : elle regardait ainsi la partie de la salle à gauche du spectateur. Emilie prit place à côté d'elle et la conversation s'engagea entre les deux femmes, pendant que les deux amis, profitant de quelques minutes qui restaient avant le lever du rideau, causaient ensemble devant la porte entr'ouverte de la loge.

Madame de Boisroger et madame Bérard promenaient autour d'elles des regards indifférens. Tout à coup une légère rougeur colora les joues de Louise : elle se pencha vers Emilie et lui dit tout bas :

— Voulez-vous me rendre un service? changeons de place.

— Volontiers, répondit-elle : mais pourquoi?

— Je ne sais. C'est un caprice.

— Bien vrai?

Quoique ce doute sur la sincérité de Louise fût exprimé avec toute la réserve possible et d'un ton d'amitié, madame de Boisroger se sentit rougir de nouveau, et, embarrassée comme quelqu'un qui ne sait pas déguiser ses sentimens, elle dit plus vite qu'elle ne l'aurait voulu peut-être :

— Si j'avais su, je ne serais pas venue.

— Et c'est à moi que vous parlez ainsi ! Vous m'auriez privée du plaisir de passer la soirée avec vous ! Ce n'est pas bien.

— Ma bonne amie, dit Louise, en lui prenant la main, vous n'êtes pas exposée, comme moi, à rencontrer des gens qui vous déplaisent.

— Non : répondit madame Bérard en souriant; mais ce sourire était triste, et Louise le remarqua.

Georges, en ce moment, se pencha à l'oreille de Théophile.

— Tu avais raison quand tu disais que nos deux femmes deviendraient amies intimes : regarde-les.

— Croirait-on qu'il y a huit jours elles ne se connaissaient pas ?

— Tant mieux : il faut une occupation à l'esprit des femmes, et celle-ci vaut toutes les autres. N'es-tu pas de mon avis ?

— Sans doute.

Ils entrèrent dans la loge; la sonnette qui annonce le lever prochain du rideau avait retenti dans le foyer. Mais un événement rompit le silence qui commençait à s'établir. Dans la dernière loge, aux premières, contre le balcon, venait de s'asseoir près d'un jeune homme de seize à dix-sept ans, une femme dont le nom circula bien vite parmi les habitués de cette salle, où chacun se connaissait. Les regards se portèrent aussitôt après sur madame Bérard, assez embarrassée d'être ainsi l'objet de l'attention publique. La baronne Wilberg (car c'était elle) soutint cet examen avec un air de distraction admirablement calculé, et même sans paraître s'en apercevoir.

— Connais-tu le jeune homme qui est avec elle? demanda de Boisroger à Bérard.

— C'est un de ses cousins qui achève cette année ses études, le matin au collége, le soir dans les réunions, au spectacle.

— Elle était abonnée cet hiver ici?

— Oui, nous l'avons vue tous les samedis.

— Sa présence ne m'étonne plus alors. Si elle eût manqué aujourd'hui, elle aurait fait dire qu'elle avait pris le deuil.

Le duel de Georges et de M. de Maugiron avait eu du retentissement : plusieurs journaux l'avaient raconté ; il n'était donc pas étrange que la curiosité fût éveillée à la vue de ces deux femmes, dont l'une était la cause involontaire d'une aventure tragique qui avait occupé les oisifs de

Paris, et dont l'autre avait à regretter le triste dénouement d'une liaison que les apparences et les succès du marquis ne rendaient que trop vraisemblable. Pour les uns, la conduite de madame Wilberg, calme et indifférente, était presque de l'héroïsme et la preuve d'une force d'âme au dessus du malheur; pour les autres, elle indiquait une insensibilité profonde, une grande sécheresse de cœur. C'était là l'opinion d'Emilie, et un regard échangé entre elle et Louise lui avait appris que ce sentiment était partagé ; mais elle ignorait qu'il faut toujours une victime à la malignité publique ; elle ignorait que ceux qui plaignaient et admiraient madame Wilberg, l'accusaient, elle, de venir faire parade de sa vertu.

Cette légère agitation s'apaisa bientôt : tous les commentaires se turent au signal donné par l'orchestre. Louise et Emilie, après avoir changé de places, étaient assises de manière que leurs regards se portaient du côté opposé à celui où s'arrêtait involontairement leur pensée, et que chacune d'elles pouvait lire sur la physionomie de l'autre ce qui l'intéressait. Elles ne s'étaient fait aucune confidence : elles n'avaient même rien à s'avouer, mais en ce moment, et par un mouvement inexplicable, elles se sentaient attirées l'une vers l'autre : il leur semblait qu'un lien invisible resserrait encore leur amitié.

Le chœur d'introduction était terminé : Théophile n'avait prêté attention qu'à l'entrée de Richard Forth, tout en déclarant qu'il ne pouvait changer d'opinion sur la musique, et que son approbation s'adressait au chanteur ; déjà même il commençait à étouffer quelques bâillemens, lorsque tout à coup son regard s'anima, et il laissa échapper une exclamation de surprise.

— Qu'as-tu donc? demanda Georges.

Les deux femmes restèrent immobiles et les yeux constamment fixés sur la scène.

— Là, sur la dernière stalle de l'orchestre, à gauche, dit Boisroger à Bérard, en lui désignant du doigt un jeune homme : le vois-tu?... de grands cheveux noirs, de petites moustaches, une figure pâle... Ma chère amie, ajouta-t-il en s'approchant de sa femme, tu devines de qui je parle?

— Non.

— Monsieur Emile Montalais.

— Je ne le vois pas, répondit-elle, sans changer de position.

— Je le crois bien : il est à gauche, et tu regardes à droite. Ne va pas détourner la tête au moins.

— Je n'en ai nulle envie, je t'assure.

— Pauvre garçon! comme il doit me maudire intérieurement! comme il attend que je te laisse libre!

Lord Arthur Talbot, l'amant aimé d'Elvire, chantait alors sur la scène :

Il mio fremito, il mio sguardo,
Questo palpito frequente,
Ti diran la fiamma ond'ardo,
Come amor minebria il cor.

— Charmant! dit Théophile : *Mon émotion, mes regards, mes soupirs, te diront quelle flamme me dévore, et de quel amour mon cœur est enivré.* Voilà des vers de circonstance. Il les mettra en prose à la première occasion.

De grands applaudissemens éclatant dans toute la salle interrompirent Boisroger. Lui-même, s'avançant un peu entre les deux femmes, y prit part au moment où Emile Montalais se retournait vers la loge.

— Quel rôle je jouerais pourtant, dit Théophile, si j'aimais réellement la musique de Bellini, et si je ne pouvais renvoyer à ce petit monsieur la ridicule situation où il me croit placé! C'est une scène de Beaumarchais ;

tous les personnages se moquent les uns des autres, et le hasard a fait un chef-d'œuvre d'intrigue.

Boisroger était lancé et disposé à abuser cruellement de ses avantages, sans s'inquiéter si ses plaisanteries étaient ou non de bon goût. Il s'était préparé une victime, et maintenant qu'il la tenait sous la main, il la déchirait des ongles et des dents. Le malheureux Emile ne devait pas en réchapper. Mais cette verve satirique qui n'en était qu'à sa première explosion, fut obligée de se contenir sur une prière de madame Bérard. Elle se retourna vers lui et lui dit :

— Faites-lui grâce, pour un moment du moins ; au risque de passer auprès de vous pour une barbare, je désire écouter l'opéra.

Cette demande était un ordre, et Théophile se soumit. Mais tout bas il se dédommagea de cette contrainte. Les bons mots lui venaient en foule, et de temps à autre il avançait la tête auprès de celle de sa femme, et, après avoir surpris un regard d'Emile, il se rejetait dans la loge en étouffant un éclat de rire.

Il y a des sentimens qu'on n'a pas besoin d'exprimer pour les faire comprendre ; Louise n'avait pas ouvert la bouche, n'avait pas laissé échapper un geste ; cependant madame Bérard crut entendre et voir qu'elle lui adressait un remercîment.

Le premier acte était terminé. Georges se leva et demanda à Boisroger s'il voulait descendre avec lui dans le foyer.

— Non pas, répondit celui-ci : Louise, ajouta-t-il, prends ma place un instant, je te prie, et cède-moi la tienne.

Quand il se fut installé sur le devant de la loge, il chercha des yeux l'homme aux épîtres ; mais il n'était plus à l'orchestre, et Théophile ne put le découvrir dans une autre partie de la salle. Comme il fallait absolument qu'il parlât, il se retourna vers madame Bérard.

— Comment trouvez-vous, lui dit-il, madame Wilberg ?

— Fort bien, répondit-elle.

— Vous la connaissiez ?

— Oui.

— Lui avez-vous jamais parlé ?

— Jamais.

— C'est une femme d'esprit.

— On le dit.

— Et très belle. Savez-vous qu'elle ne quitte pas la loge des yeux ?

— Théophile, en ce moment, fit une légère inclination de tête, en réponse à un mouvement d'éventail de la baronne.

Il reprit :

— Une telle curiosité de sa part me ferait seule penser que ce qu'on dit est vrai.

— Mais ce qu'on dit n'est pas vrai, peut-être. Vous croyez toujours le mal.

— C'est le moyen de ne pas se tromper souvent.

— Madame Wilberg a dans le monde une réputation de coquetterie, de légèreté ; mais si ce que vous supposez existait, il me semble qu'elle ne serait pas ici ce soir.

— Pourquoi ? M. de Maugiron voulait la trahir ; elle oppose à l'abandon l'indifférence.

— L'indifférence ! Ainsi vous enlevez à sa conduite toute excuse ?

— En connaissez-vous une bonne, madame ?

— Non : je voulais dire seulement...

— Qu'elle serait moins coupable si elle aimait le marquis ?... Soit : je vous l'accorde, elle l'aime. Mais alors comment expliquez-vous sa présence ici ?

— Je ne sais.

— Ni moi. A moins pourtant qu'il n'y ait plus d'inquiétude à avoir sur l'état du blessé.

— Oui. C'est possible.

— Et je voudrais qu'il en fût ainsi? Certes, je suis loin de blâmer Bérard. En pareille circonstance, il nous faut une vengeance : chacun choisit celle qui lui convient. (Et Théophile, avant d'achever sa pensée, regarda encore du côté de l'orchestre : la stalle était toujours vacante.) Mais M. de Maugiron a noblement offert une réparation, et il serait fâcheux qu'il payât de sa vie...

La porte s'ouvrit et Georges rentra.

— En vérité, dit-il, je ne puis plus me montrer, et mon duel me fera une réputation européenne. Partout où je passe, au foyer, dans les corridors, on s'arrête pour me regarder, et j'entends dire : *Le voilà... C'est lui.* Je suis obligé de me cacher. A peine si j'ai pu parler un moment au docteur Wilberg.

— Eh bien! demanda Théophile, comment va le malade?

— La fièvre le tue... Wilberg est toujours fort inquiet.

— Cependant il n'a été atteint qu'à l'épaule.

— Oui, mais la balle a déchiré les chairs à une grande profondeur; il a fallu pour l'extraire sonder la blessure à plusieurs reprises, et malgré son grand courage, le marquis s'est évanoui trois fois pendant l'opération. Figure-toi...

— Mon Dieu! dit vivement madame de Boisroger en se levant et en se plaçant entre Georges et sa femme, ne continuez pas je vous prie. Je n'ai jamais pu entendre parler de ces choses-là sans pâlir et me trouver mal.

Ce fut au tour de madame Bérard de remercier intérieurement Louise.

Le second acte commença : il se passa sans interruption de la part de Théophile. La place d'Emile à l'orchestre était occupée par une autre personne. Le docteur avait été s'asseoir auprès de sa femme, et de ce moment le jeune élève en philosophie pratique, Henri, relégué sur le second banc de la loge, n'obtint plus le moindre signe d'attention. Madame Wilberg paraissait heureuse; sa physionomie s'était animée ; elle parlait bas à son mari, plusieurs fois elle sembla approuver ce que celui-ci lui disait.

Emilie avait assisté à dix représentations des *Puritains*. Toutes les situations lui étaient parfaitement connues ; mais ce soir-là elle y prenait une part plus intime que de coutume, et de même que Théophile avait trouvé une heure auparavant dans le langage des acteurs un texte à ses plaisanteries, de même elle commentait involontairement les paroles qu'elle entendait. Elle avait tressailli quand Georges suppliant Richard de sauver son rival Arthur, lui avait dit : *Tout entier maintenant à une coupable jalousie, tu es aveuglé par ses cruels transports... mais le remords empoisonnera ta vie.* Jamais les plaintes d'Arthur

A una fonte afflito solo
S'assideva un trovador...

ne lui avaient causé une émotion aussi profonde, et pendant que Théophile haussait les épaules au quatuor avec chœurs qui précède le dénouement, Emilie sentait des larmes s'arrêter au bord de ses paupières.

Wilberg avait quitté sa loge. Au moment où Théophile ouvrait celle qu'ils occupaient, le docteur se présenta, accompagné de sa femme et du jeune Henri.

— Serez-vous assez aimables, dit-il, pour accepter tous les quatre mon invitation et celle de ma femme qui, n'ayant pas le plaisir de vous connaître, mesdames, m'a chargé de parler en son nom.

— De quoi s'agit-il? demanda Boisroger.

— De venir passer la fin de la soirée chez moi : il n'est pas tard... à peine onze heures et demie... un souper d'amis, sans cérémonie... tout à fait improvisé... Voulez-vous?

Nul doute qu'en toute autre circonstance cette invitation n'eût été refusée le plus poliment du monde, surtout par les deux femmes; mais la situation était d'autant plus embarrassante, que tout le monde était en présence et qu'il était impossible de se consulter. Il y eut un moment de silence. Bérard le rompit le premier.

— Il me semble, dit-il, que l'idée est singulière.

— Prenez garde, reprit Wilberg : répondez oui ou non, mais ne critiquez pas; vous vous feriez une querelle avec ma femme : j'exprime ici le désir qu'elle a eu la première.

— Pardon, madame, je devrais me punir de ma maladresse en refusant : je vous prie de l'oublier ; je vous demande maintenant la permission d'accepter.

— J'accepte aussi, dit Théophile en prenant le bras de madame Bérard, pendant que sa femme s'éloignait avec Georges. Voilà une occasion toute naturelle d'avoir la vérité sur le compte de madame Wilberg. Après le souper, je m'emparerai de votre mari et du docteur, et je vous laisserai causer avec elle et Louise : deux femmes contre une ! Vous viendrez bien à bout de deviner son secret. Quant à moi, mon opinion est faite, et il n'est pas difficile de comprendre quel intérêt elle a à vous voir; il n'y a que le docteur pour ne pas s'en douter. Enfin, vous me direz si je me trompe.

Ils traversaient alors le péristyle au milieu de la foule qui s'écoulait lentement.

— Qui saluez-vous? demanda madame Bérard.

— M. Montalais. Où s'était-il donc caché pendant le second acte. Je le croyais parti depuis long-temps. Il était là, le cou tendu, l'œil tout grand ouvert, le visage rayonnant... je suis fâché que vous ne l'ayez pas vu : il avait la plus drôle de figure ! J'ai manqué lui rire au nez.

VIII

Le Fond du vase.

L'hôtel habité par le docteur Wilberg était, sinon un des plus vastes, du moins un des plus élégans du faubourg Saint-Honoré. Autrefois, chaque profession se distinguait des autres par le costume, par les habitudes particulières. Il y a quelques années encore, il existait des différences extérieures entre l'avocat et le médecin, par exemple. C'était bien chez tous deux une démarche grave, posée, un peu apprêtée, résultat de travaux et d'occupations sévères, d'une certaine confiance en soi née de la confiance des autres. Mais un œil exercé les aurait difficilement confondus, et les nuances qui séparaient les individus se retrouvaient partout, chez eux, comme sur eux. Rousseau raconte qu'il reconnaissait à coup sûr un livre de médecine à l'odeur : il fallait être doué d'une perspicacité moins active et moins fine pour savoir, à la simple inspection de l'ameublement, chez qui on entrait, d'un docteur en droit ou d'un disciple d'Hippocrate. Ces nuances se sont peu à peu effacées chez les hommes de la génération présente, mêlés à toutes les affaires, livrés à tous les plaisirs, usés et polis par le frottement. Le sac a perdu son étiquette, et souvent même en a pris une en opposition directe avec la marchandise, et c'est un pêle-mêle général, une confusion universelle. Il y a à Paris une actrice qui ne va jamais à ses occupations mondaines qu'avec un chapelet à la ceinture, et un bracelet d'or d'où pend un crucifix. Les jeunes avocats portent des moustaches et sentent le cigare, et un professeur à la faculté de médecine est membre de la commission de surveillance auprès de l'Opéra.

Le docteur Wilberg n'était pas homme à rester en arrière du mouvement. Sa maison présentait dans un espace assez resserré tout ce que la civilisation a de plus élégant et de plus raffiné, une contradiction perpétuelle avec une austère profession. Au fond d'une cour où s'arrondissaient deux allées sablées autour d'une pelouse dont des eaux vives entretenaient la fraîcheur, s'ouvrait une porte vitrée sur un vestibule décoré de statues et servant d'asile à des arbustes frileux. Les fleurs rares qui s'épanouissent l'hiver, les hellébores, la veilitheimia du Cap, les variétés de camélias, ces roses du Japon, garnissaient les degrés de l'escalier. Les différentes pièces de l'appartement étaient meublées avec une recherche extrême, et aucune ne ressemblait à l'autre. C'était un caprice de Wilberg, la fantaisie d'un esprit que la constance et l'uniformité fatiguaient, et à qui il fallait une élégance irrégulière. Là c'étaient, écrasés sous leurs lourdes dorures, les meubles du temps de Louis XIV; ici régnaient des divans, ayant pour dossiers la natte américaine appliquée sur le mur; plus loin c'étaient les fauteuils sculptés, le prie-dieu surmonté d'une image de la Vierge, le lit gothique avec ses quatre colonnettes en spirale, son ciel massif, ses épaisses draperies; la cheminée de bois, nue et sans ornemens, la vieille horloge criarde, et les sombres vitraux en ogive. Plus loin encore on trouvait une sorte de bazar où le docteur nomade avait entassé des curiosités venues de tous pays, depuis les échantillons de porcelaines chinoises à la teinte bleuâtre, aux dessins si raides et si déliés, jusqu'aux peaux de léopards, et aux flèches empoisonnées des sauvages. Partout des gravures, des albums, nulle part des livres.

Pendant le souper, madame Bérard, placée à la droite de Wilberg, et presque en face de sa femme, eut tout le loisir d'examiner celle-ci. Elle se repentait presque d'être venue dans cette maison; elle se sentait comme humiliée de se trouver en présence de cette femme qui la poursuivait d'une observation indiscrète: chaque parole qu'elle lui adressait semblait cacher une épigramme: pourtant, malgré ce sentiment de haine et peut-être de mépris, elle était involontairement attirée vers elle, et comme dominée par une sorte de fascination. Les manières, le langage de madame Wilberg, son genre de beauté même, ne répondaient nullement à la réputation que le monde lui avait faite. Madame Wilberg avait de vingt-huit à trente ans: elle était belle, mais de cette beauté qu'affectionnent principalement les statuaires, et qui se recommande plutôt par l'harmonie des proportions et par l'extrême régularité des lignes que par la fraîcheur et l'expression, qui constituent le plus souvent tout le charme féminin. Il y avait dans tout ce que sa toilette, riche et sévère en même temps, laissait voir de sa personne, un caractère de grandeur et de perfection toutes matérielles, qu'on recherche dans les reines de théâtre, et qui, trente années auparavant, eût rendu cette femme l'objet d'un culte universel. Aujourd'hui que les poètes et les romanciers ont, d'un commun accord, préconisé je ne sais quelle alliance de l'âme et de la matière qui se traduit par une organisation frêle et nerveuse, par un souffle, par un regard, il est beaucoup plus facile pour une femme d'être belle, et celles en bien petit nombre, à qui la nature a départi tous ses dons, sont à peine distinguées dans le monde. Les jeunes gens à la mode qui veulent être aimés d'un amour italien ou espagnol, disent en parlant d'elles: « C'est une belle statue qui eût convenablement représenté la déesse de la Liberté sous la république. » Et puis ils s'en vont inviter à valser quelque jeune femme bien étiolée, bien pâle, bien diaphane, mais dont les grands yeux noirs sont pleins de flamme et de voluptueuses promesses; flamme trop souvent factice, promesses plus d'une fois éprouvées menteuses, et contre lesquelles on peut prévoir une réaction prochaine.

Telle était chez elle la baronne de Wilberg; belle sans coquetterie, affable sans prétention, il eût été impossible de la séparer d'une idée d'élégance et de distinction; il semblait que la simplicité lui eût convenu également, et que, moins riche et moins brillante, elle n'eût perdu aucun de ses avantages, au contraire de ces femmes frivoles qui ont besoin pour plaire du luxe qui les entourent, et dont le charme s'évanouit si on les dépouille de leur parure. Et cependant elle avait livré sa réputation aux sarcasmes du monde! Elle n'était plus protégée par le respect qu'inspire la vertu; coupable, elle ne savait pas rougir d'une faute: malheureuse, elle ne pleurait pas. Quelle science profonde de la dissimulation lui fallait-il pour étouffer ainsi la douleur ou le remords, pour sourire et causer librement quand un autre se débattait sur un lit de souffrances! Les yeux fixés sur elle, Emilie regrettait que ses regards ne pussent pénétrer plus avant et lire au fond de l'âme le secret de cette indifférence. Parfois, elle n'y voyait qu'un effort de la volonté, parfois le silence du cœur; et alors elle s'effrayait de voir le sien se troubler et accueillir cette explication comme une espérance.

Comme si elle eût eu à cacher une pensée prête à lui échapper, elle résolut d'opposer à toutes les avances une froide réserve, et d'élever entre elle et cette femme un mur de glace. Le souper se passa sans qu'elle prît part à la conversation autrement que par des réponses insignifiantes. La contrainte qu'elle éprouvait n'échappa point à madame Wilberg; mais loin d'en paraître embarrassée, elle redoubla d'attentions et de prévenances. Lorsqu'on se leva de table, le docteur proposa à Boisroger et à Bérard une bouillotte à trois, proposition qui fut acceptée. Pendant que madame Wilberg veillait elle-même à l'établissement du jeu, Louise s'approcha d'Emilie, et passant avec elle dans un élégant boudoir, séparé par une autre pièce de la chambre où les trois hommes étaient restés:

— Comme vous êtes triste ce soir, ma chère amie, lui dit-elle: est-ce que vous souffrez?

— Et vous, Louise, vous ne paraissez guère plus joyeuse que moi. Que pensez-vous de madame Wilberg?

Louise répondit:

— Je ne puis lui pardonner son insensibilité. Il n'y a dans son cœur ni amour ni pitié.

— Suis-je de trop? dit madame Wilberg en s'approchant. J'espère bien que non. Le hasard nous a réunies; permettez-moi d'en profiter, et causons ensemble si vous le voulez. De quoi parliez-vous quand je vous ai interrompues? Je n'ai entendu que les derniers mots: amour et pitié.

— Je ne me souviens plus, dit Louise, pourquoi je les ai prononcés.

— Aussi, reprit Stéphanie Wilberg en souriant, je ne crains pas d'avoir commis une indiscrétion. Ces deux mots ne s'appliquent à personne, parce qu'ils s'appliquent à tout le monde. Ils renferment l'histoire de toutes les femmes.

Les deux amies ne répondirent rien d'abord. Il était évident pour elles que Stéphanie avait entendu la phrase entière, et que, sous les formes les plus polies, elle leur renvoyait une épigramme. La fierté d'Emilie fut blessée de cette attaque détournée.

— De toutes les femmes? dit-elle.

— Oui, car je n'en connais pas une à qui l'amour ait tenu les promesses qu'il lui avait faites, et qui, dans l'isolement et l'abandon, ne regrette un rêve, ne pleure une espérance détruite. Et qu'est-ce alors que la pitié chez celle qui souffre? une émotion de l'âme qui offre des consolations pour en recevoir, la faiblesse prête à tomber qui s'appuie sur la faiblesse qui chancelle.

— J'étais dans l'erreur, madame, dit Emilie, car je vous croyais heureuse.

— Oh! moi, reprit Stéphanie, je fais exception à tout. Je ne puis servir d'exemple. Je n'ai pris des plaisirs du monde que ceux qui ne laissent pas de traces après eux. J'ai la richesse, la beauté, les hommages, l'admiration des hommes, et, ce qui est plus doux encore peut-être, la haine des femmes. Oui, je suis heureuse. Mais je parlais de celles qui ne se sont pas mises à l'abri de la douleur, qui n'ont pas dit à leur esprit d'imposer silence à leur cœur. Voici quel est leur sort : désabusées d'un côté, menacées de l'autre.

— Nest-il donc aucun moyen de se garantir d'un tel danger?

— Toutes les femmes sans doute désirent l'éviter : combien y réussissent?

— Je ne sais, et dans ce cas l'ignorance me commande d'être indulgente.

— Je le suis aussi, madame. Je ne blâme pas, je raisonne. Je ne crois pas plus que vous aux fautes facilement commises, sans hésitation, sans remords. Je crois seulement que, plus tôt ou plus tard, chacune de nous à des combats à soutenir : je crois que la défaite ne donne pas le bonheur, et que la victoire coûte bien cher. Il y en a même qui y perdent leur réputation.

Louise et Emilie eurent en même temps la même pensée, et, à défaut de paroles, leurs regards l'exprimèrent. Tout à l'heure madame Wilberg avait éloigné d'elle toute application de son langage : maintenant elle semblait se faire une allusion directe ; mais la politesse défendait de la relever. Il fallait la blesser pour lui prouver qu'elle avait tort. Ni l'une ni l'autre ne voulut essayer d'avoir raison.

— Cela vous étonne, dit Stéphanie après un instant de silence ; mais la récompense suit-elle toujours le sacrifice? L'opinion du monde à notre égard s'est courbée sous une règle uniforme à laquelle il faut se soumettre, et qui ne tient compte ni de la volonté de ses esclaves, ni de leur nature indocile ou prête à obéir, fière ou craintive, ni de leurs sentimens. Le même devoir pour toutes, comme si toutes se ressemblaient ; la même punition, la même récompense, comme si toutes avaient combattu avec les mêmes armes, couru les mêmes dangers, risqué la même part de bonheur. Tenez, ajouta-t-elle après une nouvelle pose, si mon bavardage ne vous ennuie pas, permettez-moi de vous citer un exemple. J'ai connu, je connais encore une femme dans tout l'éclat de sa beauté, frivole, légère, coquette, qu'on reçoit partout parce qu'elle est riche, mais qui n'a pas une amie. Voilà ce que le monde sait d'elle ; voici ce que j'en sais moi. Mariée jeune, mais cependant à un âge qui a la pureté, et non l'ignorance aveugle de l'enfance, elle aimait sincèrement son mari. Elle avait compris ses devoirs qui ne lui pesaient pas à porter. Ce qu'elle voulait en donnant son cœur, c'était un amour partagé et elle espérait l'obtenir, car, je vous l'ai dit, elle était jeune et belle. Aucun bonheur ne lui manqua que celui pour lequel elle aurait donné tous les autres. Exprimait-elle un désir? il était satisfait : un caprice? elle le voyait s'accomplir. On l'entourait de distractions, on semait les plaisirs sous ses pas, pour l'étourdir par le bruit et l'éclat, pour l'empêcher de sentir son délaissement. Elle se résigna d'abord, elle attendit patiemment, mais en vain. Toujours même amour de sa part et de la part d'un autre même indifférence. C'est ainsi que s'écoulèrent les premières années, dans les pleurs, les craintes, la soumission, les tourmens de la jalousie. Que fit-elle alors? elle ne demanda plus, elle ne pleura plus, qu'en secret du moins : elle reprit sa liberté, et après avoir souffert, elle voulut essayer de faire souffrir à son tour. Elle jeta un défi au monde, elle brilla, elle provoqua l'amour et la séduction ; elle vit bourdonner autour d'elle un essaim d'adorateurs, elle eut une cour prosternée à ses genoux ; fut-elle plus heureuse? non : elle luttait avec plus d'énergie contre la douleur, voilà tout. Le tourbillon qui l'emportait ne ramenait pas celui qu'elle appelait toujours. Quelquefois même elle craignit que l'épreuve ne fût au dessus de ses forces. Ceux qui ne l'aimaient pas, qui ne voulaient trouver en elle qu'une conquête facile, elle les laissait avec dédain se parer aux yeux du monde d'un triomphe qu'ils n'obtenaient pas : présens, elle leur souriait ; absens, elle n'en gardait pas même le souvenir : et on l'accusait d'insensibilité! Mais d'autres l'aimaient, et elle le savait, et elle avait résolu de fermer son cœur! et quand ils se plaignaient auprès d'elle, elle se plaignait intérieurement! Chaque parole réveillait un écho dans son âme, chaque désir répondait à un désir, et il fallait que sa bouche fût muette, ses yeux sans regards, son visage sans émotion! Peu de femmes ont autant souffert, et nulle n'a été plus mal jugée ; elle a gardé son serment et son secret mais la lutte et la victoire lui ont coûté sa réputation.

—Elle est à plaindre sans doute, répondit madame Bérard ; mais pourquoi agissait-elle ainsi?

— Parce qu'elle était trop fière pour souffrir qu'on la plaignît, parce qu'elle aima mieux la honte que la compassion.

En ce moment madame Wilberg retourna la tête.

Henri, qu'elle avait laissé auprès de Georges et de Théophile, était debout, appuyé contre la porte. Il avait tout entendu. Stéphanie rougit, et les trois femmes restèrent immobiles et muettes. Chacune avait lu dans le cœur des deux autres ; et toutes trois, parvenues au même point par des routes différentes, elles fermaient les yeux devant l'abîme ouvert sous leurs pieds. Au milieu de ce silence, interrompu par quelques éclats de rire du docteur et de ses deux amis, on sonna fortement à la porte de l'hôtel. Un bruit se fit entendre sur l'escalier , dans les premières pièces de l'appartement : un domestique entra. On venait en toute hâte chercher le docteur pour le conduire auprès de M. de Maugiron qui se mourait.

— Allez vite! sécria Boisroger.

Bérard se leva, et avec une indifférence toute militaire fit signe à sa femme de se disposer à partir.

— Pauvre jeune homme! dit tout bas Emilie.

Stéphanie adressa à Henri un coup d'œil qu'elle crut sévère : le jeune homme fléchit sous la prière de ce regard : il s'inclina et sortit.

— Et nous, Louise, dit tout bas Théophile à sa femme, allons lire le numéro deux et écrire la réponse.

IX

Un Nuage sur la lune.

Trois ou quatre jours s'étaient écoulés depuis la dernière représentation de l'Opéra-Italien à laquelle avaient assisté, comme on l'a vu, tous les principaux personnages de cette histoire. On était au commencement d'avril. Un soir, après le dîner, Bérard ayant été forcé de s'absenter, sa femme fit atteler les chevaux à sa voiture et sortit pour aller voir madame de Boisroger. Celle-ci n'était pas chez elle et ne devait rentrer que fort tard dans la soirée. Emilie, désappointée, remonta dans sa voiture, et comme son domestique lui demandait où elle voulait se faire conduire :

— Je suis sortie pour me promener, répondit-elle, peu m'importe dans quel endroit; il ne fait pas encore nuit, dites à Jean d'aller où il voudra.

Satisfaite de s'être dépouillée ainsi volontairement de son libre arbitre, elle rabattit son voile sur son visage, et après avoir enfoncé ses deux bras dans son manchon, car le temps était assez froid, elle s'adossa à un des angles de sa voiture ; puis, baissant la tête, elle s'abandonna au mouvement régulier et à peine perceptible des ressorts, sans examiner pendant long-temps où on la conduisait. Il y a un certain charme, surtout pour une imagination tant soit peu romanesque comme l'était celle d'Emilie, à se laisser aller ainsi, comme une barque à la dérive, sans savoir où l'on va, et à bâtir pendant ce temps-là dans sa tête mille fictions qu'on peut faire évanouir en levant seulement les yeux. Bientôt, au silence qui régnait autour d'elle, et à l'air plus frais qui pénétrait dans la voiture, l'aventureuse jeune femme jugea qu'elle devait être dans la campagne, et soulevant les plis de son lourd voile de dentelle, elle promena ses regards au dehors. Elle se trouvait au milieu d'un bois, dans un chemin sombre qui s'étendait devant elle en ligne droite et à perte de vue sous l'ombre toujours épaisse de grands arbres verts. D'abord il lui semba n'être jamais venue dans cet endroit, et, arrêtant le cocher, elle lui cria avec une frayeur instinctive :

— Jean, où sommes-nous donc?

Cet homme sourit et répondit tranquillement :

— Eh! madame, au bois de Boulogne.

A ce seul nom, Emilie sentit une sueur froide couler sur son front, tout son sang reflua vers son cœur, et elle fut près de défaillir. C'est qu'à ce nom se rattachaient pour elle, depuis tantôt huit jours, bien des souvenirs funestes, et qu'il semblait qu'une sorte de fatalité l'eût ramenée dans cette enceinte. C'est là que, pour la première fois, elle si chaste et si pure, elle avait entendu retentir à ses oreilles l'expression d'un amour coupable ; l'allée même où elle se trouvait n'était-elle pas celle qu'elle avait parcourue dans la plus horrible angoisse qu'il soit donné à une femme d'éprouver? Encore quelques pas, et elle allait se trouver sur la place où l'on s'était battu, où peut-être restaient des traces de sang;... encore quelques pas, et la maison même où l'un des deux adversaires expiait si cruellement le crime, si c'en était un, de l'avoir aimée, allait apparaître à ses regards. Oh! Emilie, Emilie, tandis qu'il en est temps encore, retournez sur vos pas, fuyez, fuyez bien vite, car voici la nuit qui s'approche, l'ombre s'épaissit sous les grands arbres verts ; Emilie, c'est votre mauvais génie qui vous a ramenée au bois de Boulogne.

Le domestique était descendu ; il s'approcha de la portière, et contempla avec surprise le visage pâle de sa maîtresse :

— Qu'a donc madame dit-il? madame paraît souffrante, madame a froid sans doute?

— En effet, répondit madame Bérard, saisissant avec empressement ce mensonger prétexte, mais ce ne sera rien, je me sens déjà mieux.

— Faut-il dire à Jean de reprendre le chemin de la maison?

Ici, madame Bérard éprouva un moment d'hésitation; puis, comme fascinée par une pensée secrète qui semblait exercer sur elle une puissance d'attraction irrésistible, elle répondit :

— Il ne fait pas encore nuit close, continuez jusqu'au bout de l'allée.

Ce qui se passa alors dans l'âme d'Emilie, Dieu seul le sait ; mais lorsque, environ un quart d'heure après, parvenue au bout de l'allée, la voiture s'arrêta de nouveau, la jeune femme porta vivement ses regards sur l'avenue qui s'étend à gauche, et au bout de laquelle commençaient à poindre dans un lointain obscur une pâle lumière annonçant à la fois la venue de la nuit et la proximité des habitations. A cet instant, le cocher, se penchant en arrière de son siége, dit à madame Bérard :

— Quel chemin madame veut-elle que je prenne pour sortir du bois? Faut-il retourner par où nous sommes venus, ou suivre l'avenue à gauche, et passer devant les maisons?

— Lequel est le plus court? balbutia madame Bérard.

La question du cocher et celle que lui fit à son tour sa maîtresse étaient des plus naturelles, et cependant la voix d'Emilie était remarquablement altérée. Le cocher répondit :

— Il n'y a aucun doute que c'est le second. S'il plaît à madame, nous allons passer là-bas devant la maison da M. Wilberg?

— Et... il est absolument nécessaire de passer devant la maison de M. le docteur Wilberg?

— Certainement, madame, répondit le cocher, qui ne comprenait rien aux hésitations de sa maîtresse : mais madame peut être assurée que c'est le plus court.

— Alors il faut suivre ce chemin, reprit Emilie en tremblant.

— Madame a toujours froid, s'écria presque en même temps le domestique, qui était descendu en voyant la voiture s'arrêter, et qui se tenait à la portière, attendant les ordres de sa maîtresse. Si madame essayait de marcher un peu, cela la réchaufferait et lui ferait peut-être du bien. Il fait une belle soirée, et voilà la lune qui se lève là-bas à l'horizon.

— Vous avez raison, répondit Emilie, je vais descendre. Les chevaux iront au pas pendant ce temps-là ; tenez-vous derrière moi.

Et, sautant lestement à bas de la voiture, elle se mit à marcher avec rapidité, après avoir relevé son voile pour respirer plus librement l'air du soir ; car, loin de ressentir l'atteinte du froid, ses joues étaient devenues brûlantes : elle avait la fièvre. Quelques minutes après, elle se trouva à environ une portée de fusil de cette maison devant laquelle il semblait qu'une force mystérieuse l'eût ramenée. Tous les contrevents en étaient fermés, à l'exception d'une seule fenêtre au premier étage, où l'on voyait briller une faible lumière, à laquelle les rayons de la lune, qui commençait à monter sur l'horizon, donnaient une teinte blafarde et presque funèbre. C'était sans doute la chambre occupée par le blessé. Devant la porte de la maison stationnaient deux voitures, un tilbury et un britska, de ces voitures légères qui n'appartiennent généralement qu'aux jeunes gens. Probalement c'étaient des amis d'Horace de Maugiron ; ils étaient venus lui offrir leurs consolations et maudire avec lui celle pour qui il était là gisant sur un lit de douleur, celle qui les privait, eux, d'un compagnon de plaisir et d'un ami. Telles étaient du moins les réflexions auxquelles se livrait Emilie ; aussi, lorsque les deux voitures se remirent en mouvement et qu'elle aperçut de loin deux jeunes gens y remonter en silence, après s'être serré la main d'un air consterné, il lui sembla que l'un et l'autre avaient jeté sur elle un regard plein d'horreur, comme s'ils l'eussent reconnue.

Pour quiconque cherche à discerner les mobiles auxquels la nature féminine obéit le plus constamment, les sentimens qu'éprouvait alors madame Bérard n'auront rien qui puisse étonner. Si, dans le principe, elle avait pu se montrer offensée des hommages de M. de Maugiron, jusqu'au point de concevoir pour lui de la haine, elle ne pouvait plus maintenant, sans abjurer cet admirable instinct de pitié que Dieu a mis dans le cœur de son sexe, se montrer insensible aux souffrances qu'il endurait, alors que ces souffrances étaient une expiation bien cruelle de l'offense que les femmes pardonnent le plus aisément. Il y a plus, ce sentiment de pitié si naturel devait s'exalter encore davantage de l'insouciance avec laquelle son mari accueillait les détails qu'il était à même d'apprendre sur la position de jour en jour plus fâcheuse du blessé. Sous l'influence de ces sentimens, Émilie fut sur le point d'envoyer un de ses gens demander des nouvelles de M. de Maugiron au nom de M. Bérard ; mais elle repoussa bien vite l'idée d'une démarche dans laquelle elle craignait qu'Horace ne devinât sa participation. Bien plus, honteuse de s'être laissé aller à une telle idée, elle appela son domestique qui se tenait à quelques pas en arrière, et lui ordonna d'ouvrir la voiture où elle se disposa à remonter, comme pour y chercher un refuge contre les pensées peut-être coupables qui venaient de traverser son esprit.

A cet instant, elle aperçut aux rayons de la lune une forme humaine accroupie sur le bord d'un fossé dont elle n'était séparée que par un intervalle de quelques pas. Au bruit sec que produisit le marchepied de la voiture qu'on venait d'abaisser, la personne qui se tenait ainsi fit un mouvement et releva la tête. Emilie la contempla avec attention, et il lui sembla que les traits de cette personne ne lui étaient pas inconnus ; de son côté, celle-ci ayant fait une exclamation de surprise, madame Bérard crut devoir s'approcher, et alors elle reconnut la jeune fille qui, quelques jours auparavant, lui avait servi de guide dans la fatale matinée du duel.

Ainsi, par un étrange concours de circonstances, tout se réunissait à la fois pour lui rappeler un souvenir qu'elle eût voulu effacer à tout jamais de sa mémoire. A l'aspect d'Emilie, la jeune fille se leva avec respect.

— Bonsoir, mon enfant, lui dit madame Bérard, avec un accent à la fois affectueux et mélancolique, me reconnaissez-vous?

— Oh! oui, madame, répondit la jeune fille : comment ne reconnaîtrais-je pas ma bienfaitrice, celle qui m'a donné une si belle bague? Ah! madame, j'aurais bien voulu la conserver, votre bague, comme un souvenir de vous qui paraissez si bonne, et qui aviez tant de peine l'autre jour, que cela me fendait le cœur; mais mes parens n'ont pas voulu, ils ont mieux aimé la vendre. C'est égal je suis bien contente, car depuis ce jour-là je n'ai pas été battue.

— Pauvre enfant! Vos parens sont donc bien méchans?

— Oh! madame, il ne faut pas leur en vouloir, ils sont si malheureux! Mais si vous voulez ravoir votre bague, n'en soyez pas inquiète, car celui qui l'a achetée vous la rendra sans doute si vous la lui demandez, le pauvre cher homme, hélas!

— Celui qui l'a achetée! qui donc est-il?

— Ah! pardine, madame, c'est celui que vous venez voir, le blessé, M. le marquis de Maugiron, comme on l'appelle.

Madame Bérard poussa un faible cri, et demeura interdite et glacée, sans avoir la force d'articuler un seul mot.

— Ah! reprit vivement la jeune fille en fixant sur sa belle interlocutrice un regard plein d'intérêt, comme il va être content de vous voir, lui qui ne parle que de vous!

— De moi! vous vous trompez....

— Oh! madame, il n'y a pas besoin de connaître votre nom pour voir que c'est vous qui avez une voix si douce et de si beaux yeux noirs. Ah! il vous aime bien, allez, madame. C'est ma tante qui le veille, ce M. le marquis, et c'est elle qui m'a raconté tout cela. Vous êtes sa sœur, n'est-ce pas, madame, ou peut-être...

— Je ne suis pas, interrompit Emilie avec une froideur affectée, ce que vous croyez, et je connais à peine... celui dont vous parlez. Pourtant sa position mérite qu'on y prenne intérêt. Comment se porte aujourd'hui M. le marquis de Maugiron?

— Pardon, madame, balbutia la jeune fille un peu décontenancée. Puis, après avoir poussé un profond soupir :

— Eh bien, ajouta-t-elle, je suis bien aise de ce que vous me dites là... car je voulais paraître gaie avec vous, pour ne pas vous attrister davantage, et je sentais que j'avais bien de la peine à mentir. A présent, madame, je n'ai rien à vous cacher. M. le marquis est au plus mal depuis hier; il a le délire, il appelle continuellement une dame ou une demoiselle, sa sœur ou sa bonne amie, comme je vous disais, et qu'on nomme Emilie. M. Wilberg a dit ce matin que si cela continuait ainsi, le pauvre blessé ne passerait pas la nuit : on va lui apporter le bon Dieu dans une heure.

Ayant ainsi parlé, la jeune fille baissa la tête et se mit à fondre en larmes. Quant à Emilie, elle tressaillit comme si elle venait d'être frappée au cœur et leva les yeux au ciel. Le temps s'était assombri pendant la durée du dialogue qui précède, et la lune avait disparu sous de gros nuages noirs. Tous les objets environnans étaient ensevelis dans d'épaisses ténèbres, tous, à l'exception de cette fenêtre isolée de la maison du docteur Wilberg où brillait une faible lumière semblable à un phare mystérieux, ou plutôt encore à ces lampes funéraires qui veillent sur un tombeau. Madame Bérard appela son domestique.

— Continuez votre chemin, dit-elle d'une voix brisée, je vous rejoins au bout de l'avenue.

Puis, saisissant le bras de la jeune fille, elle ajouta avec cette soudaineté et cette puissance de résolution qui caractérisent certaines natures que les uns nomment privilégiées, et d'autres malheureuses :

— Conduisez-moi auprès de M. le marquis de Maugiron !

La jeune fille s'essuya les yeux avec son tablier et regarda madame Bérard d'un air surpris. Elle la suivit plutôt qu'elle ne la guida dans sa course précipitée vers la maison du docteur Wilberg. Parvenue au seuil, Emilie s'arrêta un instant, car son cœur bondissait dans sa poitrine avec une telle violence qu'il semblait près de se briser. A cette époque de l'année et à une pareille heure surtout, l'avenue est déserte, et toutes ces petites villas en miniature dont elle est parsemée sont abandonnées par leurs heureux habitans, que les giboulées d'avril et les plaisirs de Paris retiennent encore. Peut-être que si la lune eût paru alors dans tout son éclat, Emilie aurait reculé devant les suites d'une démarche au moins imprudente, et que la nuit, cette mauvaise conseillère, n'aurait plus couverte de son ombre ; mais l'obscurité était complète comme le silence. La porte était entr'ouverte..... Emilie entra.

Nul ne se présenta pour la recevoir : cette maison était comme ces châteaux de fées avec lesquels on berce notre enfance. On ne voyait ni portiers ni valets, et, bien que le péristyle fût éclairé, il semblait qu'elle fût complétement inhabitée.

— Mon Dieu ! murmura madame Bérard, est-ce qu'il serait mort?

— Montons, dit la jeune fille, qui cette fois lui vint en aide.

Lorsqu'elles furent arrivées au premier étage, cette dernière tourna le bouton d'une porte et franchit une première pièce, puis elle s'arrêta devant une seconde, en disant :

— C'est ici.

Madame Bérard, pouvant à peine respirer, lui fit signe d'attendre : mais déjà la jeune fille avait frappé et la porte tournait doucement sur ses gonds; une vieille femme apparut, marchant avec précaution.

— Comment va-t-il? dit tout bas la jeune fille.

— Toujours plus mal, répondit-on : le pouls s'affaiblit d'instant en instant.

— Madame peut-elle le voir?

— Certainement : aussi bien, qu'importe ! le pauvre jeune homme ne reconnaît plus personne.

Une larme vint mouiller la paupière d'Emilie, qui entra. Un triste spectacle s'offrit à ses regards. Le moribond était couché sur son lit, les bras en dehors de la couverture, la tête étendue sur son oreiller, l'œil terne et le visage horriblement pâle ; pourtant il semblait, à cet instant suprême qu'un caractère de beauté surhumaine, qui se révèle parfois aux approches du trépas, fût empreint sur cette physionomie mourante. En entendant plusieurs personnes entrer dans sa chambre, il fit un mouvement, et ses yeux vagues semblèrent chercher à distinguer les traits des deux nouvelles venues. Tout à coup une légère rougeur anima ses joues ; une flamme, semblable à celle que jette une lampe qui s'éteint, brilla dans son regard, et avec une force dont on ne l'aurait pas jugé susceptible, il se dressa convulsivement sur son séant, car il avait reconnu Emilie.

— Oh ! c'est elle ! s'écria-t-il d'une voix strangulée.

Puis il retomba épuisé sur son oreiller, comme si ce dernier effort eût achevé de tarir en lui les sources de la vie. A cet instant, on vit briller à l'un de ses doigts amaigris la bague de madame Bérard.

— Je vous disais bien, dit la garde-malade en s'approchant d'Emilie, qu'il ne reconnaît plus personne. Je suis sûre qu'il vous prend pour celle dont il parle sans cesse dans son délire, et dont il croit avoir une bague au doigt. Malheureux jeune homme, il veut être enterré avec cette bague. Quelle idée !

Madame Bérard ne répondit pas ; elle pleurait.

C'est alors que la porte de la chambre s'ouvrit et qu'un homme parut, le docteur Wilberg. Celui-ci s'approcha vivement du lit du malade auquel il prit la main : puis il le contempla attentivement pendant l'espace de quelques minutes, muet et recueilli. Horace semblait dormir déjà de l'éternel sommeil : cependant la physionomie du docteur exprimait plutôt le doute que la résignation; on eût dit que son regard pénétrait au delà de ce masque glacé, et sous cette apparence de la mort voyait se rallumer le flambeau de la vie. Une fois ses lèvres s'entr'ouvrirent, il allait parler !... Mais le doigt toujours posé sur le pouls, la tête penchée sur Horace pour épier la respiration qui sifflait dans sa poitrine, il garda encore le silence : silence solennel et terrible qui devait se terminer par un cri de douleur ou de joie! A la fin il se retourna, et s'approchant de la garde-malade avec un visage rayonnant :

— Il est sauvé! et maintenant je réponds de ses jours!

La vieille tomba à genoux en joignant les mains, et Emilie, qui s'était cachée précipitamment derrière elle, se trouva face à face avec le docteur. Ce dernier ne put réprimer un mouvement de surprise, mais il était trop homme du monde pour témoigner le moindre embarras dans cette circonstance critique; aussi, avec une présence d'esprit admirable, il s'avança vers Emilie, et la saluant respectueusement :

— Madame, lui dit-il, une crise heureuse vient de s'opérer dans l'état de notre malade, et vous pouvez annoncer cette grande nouvelle à sa famille. Voulez-vous me permettre de vous offrir mon bras pour regagner votre voiture?

Madame Bérard se laissa entraîner hors de la chambre. Chemin faisant, le docteur lui dit à voix basse :

— Combien ne vous dois-je pas de reconnaissance pour avoir daigné me venir ainsi en aide dans un cas désespéré! mais je vous en devrai encore davantage si vous voulez bien oublier que nous nous sommes rencontrés. J'ai des raisons particulières pour qu'on ne sache pas que j'ai mis le pied ce soir dans cette maison. Puis-je compter sur vous?

Madame Bérard n'eut qu'un regard pour exprimer au docteur toute sa gratitude d'un procédé si plein de délicatesse; mais ces regards-là paieraient bien des services rendus.

Lorsqu'il rentra dans la chambre du malade, le docteur Wilberg s'écria, en contemplant la vieille garde et sa nièce qu'il trouva en grande conversation dans l'embrasure d'une fenêtre :

— Eh bien! comment trouvez-vous cette jeune dame?

— Oh! bien jolie, répondirent ensemble les deux femmes.

— N'est-ce pas, ajouta assez négligemment le docteur, qu'elle ressemble un peu à son frère?

— C'est donc bien décidément la sœur de M. le marquis? dit la vieille : c'est étrange, elle avait dit le contraire à ma nièce.

— Oh! reprit le docteur, c'est qu'ils étaient brouillés depuis long-temps et qu'il a fallu une circonstance aussi triste pour qu'ils se revissent.

— Pour le coup, répondit la jeune fille, je crois bien que les voilà raccommodés maintenant pour toujours, car la jolie dame a beaucoup pleuré.

Ici le docteur congédia la tante et la nièce, en disant qu'il voulait rester seul avec le malade.

X

Le Collaborateur.

— Veuillez passer dans mon cabinet, monsieur, dit Boisroger à Emile Montalais · nous causerons ensemble de votre projet.

Emile fit un profond salut à madame de Boisroger, qui le lui rendit avec embarras, n'osant ni le regarder, ni lever les yeux sur son mari, et il suivit Théophile.

La présence d'Emile dans cette maison, où il n'avait pas été encore invité, et d'où l'on avait tant d'intérêt à l'éloigner, doit surprendre le lecteur. Il faut l'expliquer, ainsi que le langage de Boisroger.

La nuit qui suivit la soirée des Italiens, et une partie du lendemain, l'amoureux jeune homme les avait passées dans une inquiétude inexprimable. A l'heure où il avait vu Louise, elle devait avoir reçu sa seconde lettre. C'était le hasard qui l'avait fait entrer au théâtre. A l'instant où madame de Boisroger descendait de voiture, il l'avait aperçue, et aussitôt il avait vidé sa bourse entre les mains d'un de ces spéculateurs en plein vent, qui, excellent physionomiste, jugea du premier coup d'œil qu'il pouvait hardiment tripler le prix de la place. Emile, dans un pareil moment, aurait vendu son âme au diable, sa part de bonheur dans l'autre monde, comme disent les héros du drame moderne, ou, ce qui lui eût coûté beaucoup plus cher, son traitement d'une année. Il donna donc trente francs sans hésiter, et peu s'en fallut qu'il ne remerciât le vendeur. D'abord, il n'eut guère à s'applaudir de ce sacrifice. L'intention bien évidente de madame de Boisroger en changeant de place, son obstination à tenir constamment ses regards tournés du côté opposé à celui où il se trouvait, ne lui présageaient pas le succès qu'il s'était promis de sa seconde épître. Mais comme les amoureux accueillent avec la même facilité l'espérance et le doute, comme ils voient dans toutes les circonstances d'excellentes raisons pour se réjouir ou se désoler, il avait attribué cette indifférence à la présence de Théophile. Pendant l'entr'acte, ainsi que nous l'avons dit, il avait quitté l'orchestre, et ayant découvert un de ses amis dans une loge du cintre qui dominait celle où était madame de Boisroger, il lui proposa un échange que celui-ci accepta sans difficulté. Tant que Théophile se tint en observation sur le devant de la loge, Emile n'eut garde de se montrer; il n'entra que lorsque chacun reprit sa première place. Louise l'avait-elle vu? il l'espérait, car une fois elle avait levé la tête; une fois, par hasard, elle avait dirigé ses regards vers lui, et si depuis ils étaient restés baissés, du moins il n'avait lu sur sa physionomie aucune trace de colère ou de mépris. Loin de là, il lui semblait qu'elle acceptait avec résignation cette poursuite persévérante et qu'elle s'y soumettait, pourvu qu'elle fût prudente et discrète. Il la revit encore au moment où elle sortait appuyée sur le bras de Georges Bérard; il entendit dire autour de lui qu'elle était belle, et son cœur bondit de joie et d'orgueil comme si cette femme lui eût déjà appartenu. L'amour, si exigeant quand il possède, se contente de si peu quand il désire! Pendant cette courte extase, au milieu des éloges qui bourdonnaient à son oreille, Emile se disait que sous les plis de la gaze légère qui recouvrait tant de charmes ses lettres reposaient peut-être: il alla jusqu'à penser (et quel jeune homme amoureux n'eût pas pensé de même) que Louise, certaine de le revoir encore, avait eu une intention secrète en prenant le bras de Georges, et non celui de son mari. Aussi avec quelle aisance, avec quel air de satisfaction triomphante il avait salué Théophile! Mais une fois que l'objet qui donnait une réalité à ses rêves, qui colorait d'un reflet doré ses illusions, eut disparu, une fois qu'il se retrouva seul, le doute et la crainte entrèrent dans son esprit. Tout s'évanouit, tout devint sombre. La nuit fut triste et cruelle, sans sommeil: le jour s'écoula dans les angoisses d'une attente désespérée; enfin une lettre lui parvint! une lettre froide comme la première, qui lui défendait d'écrire encore, mais qui ne lui disait pas que s'il enfreignait cette défense, il ne recevrait plus de réponse. Il en écrivit une qu'il déchira, et il s'arrêta à une autre idée. Emile avait vécu dans le monde; sans être, par nature et par métier, un observateur aussi exercé que Théophile, il savait que des lettres, début obligé de tout amour qui commence, doivent être prodiguées, surtout à une jeune fille que les paroles épouvanteraient, et déposées auprès d'elle dans l'ombre et le silence comme un poison lent mais sûr, qui se distille goutte à goutte, et familiarise peu à peu l'innocence avec l'idée d'une faute. Mais il savait aussi qu'une femme mariée n'a qu'une promesse, quelquefois imprudente à tenir ; qu'un devoir qui lui pèse peut-être, à observer, et qu'il fallait l'attaquer sans lui laisser le temps de la réflexion. Il résolut donc de mettre en pratique les théories, éprouvées, qu'il s'était faites sur l'art de séduire, et qui n'avaient coûté aucun remords à sa conscience. Car quel est l'homme, probe d'ailleurs, ami dévoué, dépositaire fidèle, qui n'ait en pareil cas senti fléchir ses principes? Toutes les autres actions mauvaises sentent le besoin de se donner une excuse à elle-même; celle-là seule ne prend pas la peine d'inventer un sophisme pour se faire illusion. Elle conçoit un désir et marcherait au but comme à une conquête légitime.

Emile s'était présenté chez madame de Boisroger.

Mais à peine était-il entré, à peine Louise avait-elle eu le temps de se remettre du trouble que lui causait une pareille visite, que le hasard, ce dieu des amans, et quelquefois aussi des maris, ramena Théophile à l'improviste. Surpris ainsi, Emile avait donné un prétexte à sa présence ; c'était Boisroger qu'il venait voir, et en son absence il avait cru pouvoir informer sa femme du motif qui le conduisait chez lui, espérant, disait-il, que, grâce à une connaissance antérieure, il voudrait bien ne pas lui refuser son appui et ses conseils. Il fallait à toute force se tirer d'un mauvais pas, et Emile, persuadé que Boisroger était sans soupçons, avait improvisé le mensonge le plus admissible dans sa position et celle de l'homme de lettres. C'était la faveur d'une collaboration qu'il était venu solliciter.

Comme tout auteur en crédit, Boisroger était accablé de demandes semblables, auxquelles bien souvent il ne faisait pas même de réponse ; mais cette fois il accepta avec empressement, et, pour rendre la mystification plus complète, il proposa à Emile de s'expliquer devant sa femme. Celui-ci sentit un froid glacial courir sur tous ses membres. Il pouvait encore renoncer à la conquête de Louise, mais non se couvrir de ridicule à ses yeux, et Dieu seul savait quelle contenance il aurait, quelles sottises il serait condammé à débiter! Théophile cependant n'insista pas, et ainsi que nous l'avons dit en commençant ce chapitre, il invita le malheureux jeune homme à le suivre dans son cabinet.

Emile, doué d'une imagination assez médiocre et peu exercée, eut, pour se préparer, le temps qu'il fallait mettre à traverser une partie de l'appartement. Mais le danger qu'il courait n'était encore rien auprès de celui auquel il venait d'échapper. Il reprit de l'assurance, et s'assit en face de Théophile.

L'un tenait sa vengeance entre ses mains et riait tout bas : l'autre voyait la sienne dans l'avenir, et se disait intérieurement qu'il prendrait sa revanche. C'étaient deux ennemis qui se recueillaient pour mieux se frapper. Seulement Emile ignorait que son plan de campagne avait été vendu, et, pendant qu'il ne demandait au ciel qu'une bonne inspiration pour attirer son adversaire dans le piége, Théophile rêvait à la manière de lui donner son congé, et de lui faire comprendre qu'il n'était pas sa dupe, car il n'avait accepté la guerre qu'à la condition de la diriger, et l'attaque devenait trop vive et trop directe pour ne pas la repousser définitivement.

— Est-ce un drame, une comédie, un vaudeville, ou un opéra comique? demanda Théophile.

Vous allez juger du sujet, monsieur répondit Emile, qui, après avoir hésité entre plusieurs qu'il se serait senti honteux de répéter, s'était rappelé heureusement une aventure assez compliquée, sans laquelle il avait joué le rôle de confident. Il la raconta timidement d'abord, avec hésitation.

Quand il crut avoir fait une exposition bien claire, Boisroger lui dit de l'air le plus sérieux du monde :

— Pardon, monsieur, je n'ai pas du tout compris : c'est sans doute ma faute ; voulez-vous avoir la complaisance de recommencer?

Et le malheureux jeune homme reprit docilement par le premier bout de fil l'écheveau qu'il croyait avoir débrouillé.

— Bien! bien! s'écria Boisroger, j'y suis maintenant : cela peut devenir fort intéressant. Continuez, je vous prie.

Encouragé par ce premier succès, il s'enhardit, il parla avec chaleur, il inventa même des incidens, et de temps en temps il s'interrompait pour dire :

— Que pensez-vous, monsieur? car il s'applaudissait déjà de son mensonge, déjà il se voyait reçu dans la maison ; et Théophile répondait :

— Allez toujours : voyons la fin.

Quand il eut terminé, Théophile lui dit en donnant à sa figure une expression de désappointement :

— Je suis vraiment désolé. Mais je ne vois pas moyen de tirer parti...

— Vous croyez?

— J'en suis sûr.

— A la manière dont vous écoutiez, j'avais espéré le contraire.

— Moi aussi; le commencement m'avait séduit : mais la fin est brusque et précipitée.

— On pourrait la retarder.

— Non; ce n'est pas mon avis du moins. Je vous le répète, je suis désolé, j'aurais été enchanté de vous être utile. Il me reste, monsieur, à vous remercier de la confiance que vous avez eue en moi.

— Je ne pouvais pas mieux la placer.

— Point de complimens, je vous prie. Soyez bien persuadé qu'il n'y a pas mauvaise volonté de ma part, au contraire. Je me rappelle les difficultés qui entourent toujours un début, et je n'ai jamais refusé mon appui à personne. Si même j'avais un sujet à vous proposer, je le ferais de grand cœur. Mais je cherche... Les meilleures idées sont dues souvent au hasard... C'est un mot... une inspiration... Attendez donc!

Il eut l'air de réfléchir quelques instans : pendant ce temps, Emile était comme un accusé attendant l'arrêt qui doit l'absoudre ou le condamner.

— Monsieur... dit Boisroger.

— Monsieur, je vous écoute, répondit Emile.

Boisroger retarda encore sa confidence et se parlant à lui-même :

— Oui, cela peut être piquant.... c'est un charmant lever de rideau.... une première scène excellente.... Vous travaillerez là-dessus.... vous inventerez une intrigue.... enfin, vous chercherez le nœud de la pièce, et vous reviendrez me voir.

— De quoi s'agit-il?

— Monsieur, vous connaissez l'*Henri III* d'Alexandre Dumas?

— Oui, monsieur.

— Vous vous rappelez la situation du duc de Guise forçant sa femme à écrire à Saint-Mégrin.

— Parfaitement.

— Voici donc l'idée qui m'est venue : une idée comique, c'est assez rare. Supposons une femme mariée.... une femme de nos jours.... Elle a reçu une lettre.... une déclaration.... Suivez bien.... Cette lettre, le mari la connaît.... soit hasard, soit par suite d'une confidence de sa femme.... peu importe : vous choisirez.

— Oui, monsieur, dit Emile, qui commençait à devenir inquiet et à se demander lequel des deux avait été jusque-là dupe de l'autre.

Théophile reprit :

— Vous voyez la scène : la femme assise devant une table, le mari debout à côté d'elle et lui disant : Ecrivez, madame, écrivez.... ou, si vous l'aimez mieux : Ecris, ma bonne amie. Elle hésite d'abord.... vous sauverez adroitement la situation.... puis elle cède, et la pièce s'engage là-dessus. Je vous réponds qu'il y a là une position originale au théâtre....

Emile se mordit les lèvres.

—Un début qui piquera la curiosité ; mais maintenant il faut chercher, il faut trouver la pièce : vous en chargez-vous ?

— J'essaierai, monsieur.

— Eh bien ! c'est convenu.

Emile se leva et prit congé de Théophile. Le lendemain, à la même heure, celui-ci était absent, mais cette fois il ne devait pas rentrer, et Emile était assis en face de Louise émue et tremblante. C'était la seconde partie de la pièce dont Boisroger avait fait la veille l'exposition.

Tous deux gardèrent le silence pendant quelques minutes. Ce moment de repos qui précédait une explication indispensable, Emile le prolongeait à dessein. C'était prendre ses avantages que de laisser madame de Boisroger sous la menace d'une attaque contre laquelle elle ne pouvait préparer qu'une défense et des réponses que le premier mot rendrait peut-être inutiles. Il la voyait se troubler peu à peu, l'observer du regard, chercher à deviner ce qu'il allait dire. Si Boisroger le romancier eût eu à traiter une situation pareille, il eût écrit dix pages pleines d'intérêt et d'analyse ingénieuse avant de faire parler un des deux personnages. Mais Boisroger le dramatiste s'y fût pris d'une façon plus rapide et plus vive. C'est cette manière que nous demandons la permission d'employer.

— Me pardonnerez-vous, madame, dit Emile, de m'être présenté chez vous?

— Pourquoi vous excuser, monsieur ? Vous désiriez parler à mon mari. Vous avez ensemble des projets de travail.

— Il vous les a confiés, madame? demanda Emile en attachant sur elle un regard scrutateur.

— J'étais présente hier, vous vous le rappelez. Mon mari est absent.

— Je le savais, madame.

Louise ne put réprimer un mouvement de surprise. Cet aveu qu'Emile venait de prononcer sans hésitation redoublait son embarras en expliquant d'une manière précise l'intention de cette visite qui ne s'adressait plus qu'à elle seule. Il traçait autour d'elle un cercle où d'abord elle avait cherché à ne pas se laisser renfermer. Pendant qu'il en était temps encore, elle résolut de le franchir.

— J'ai promis à M. de Boisroger d'aller le rejoindre, et je vous prie d'excuser mon impolitesse si je vous quitte aussi promptement.

— Un moment encore, madame, je vous en supplie.

— Monsieur...

— Ah ! ne me privez pas du bonheur que j'ai tant désiré... celui de vous voir, de vous parler seul un instant...

— Mon Dieu ! pensa Louise, il n'a donc pas compris ce que Théphile lui a dit : et s'il ignore la vérité, comment la lui apprendre ?

Elle se leva, et d'une voix qui exprimait plutôt une prière qu'un ordre, elle lui dit :

— Sortez, monsieur.

Il répondit :

— C'est me punir bien sévèrement, madame ; mais je me soumettrai à votre désir, je m'éloignerai. J'ai été trop présomptueux, je le vois bien. Oui, j'aurais dû me contenter d'un bonheur que tout le monde m'envierait. J'aurais dû me dire : J'ai osé lui écrire que je l'aimais, et elle m'a répondu !

— Monsieur !... s'écria Louise... et la parole expira sur ses lèvres.

Emile continua comme s'il n'eût pas été interrompu :

— Pendant qu'elle a tracé ces deux lettres qui reposent, là, sur mon cœur, j'ai occupé sa pensée.... Elle ne s'est pas montrée irritée contre moi, elle ne m'a pas menacé de sa colère... Pardon encore, pardon, madame : que votre bouche reste muette , que vos regards se détournent de moi... Je ne veux plus rien, rien que vous remercier, que vous adorer à genoux, en silence, rien que porter à mes lèvres ces lettres qui m'ont enivré de tant de joie, et que j'ai déjà couvertes de tant de baisers!

— Monsieur, dit Louise, rendez-moi ces lettres. Oubliez que vous les avez reçues... oubliez tout, je vous le demande en grâce !

— Vous les rendre, madame! oh! non : c'est mon bien, mon trésor.. Ah! plutôt vous donner ma vie...

— Monsieur... vous ne savez pas...

— Je sais que votre voix est tremblante, madame... que des pleurs mouillent vos yeux... que vous avez pitié de moi...

— Monsieur, je ne vous aime pas... Le trouble où vous me voyez vous égare... Je ne vous aime pas... Je ne vous ai pas écrit... ce n'est pas moi...

— Et qui donc?

Elle garda le silence.

— Votre mari, peut-être?

Louise ne répondit pas encore, et baissa la tête.

— Ah! madame! dit Emile. Et voyant que Louise le regardait, il cacha sa figure dans ses deux mains.

Peut-être se fût-il cru moins malheureux s'il avait pu lire au fond du cœur de madame de Boisroger le véritable sentiment qui lui avait arraché cette révélation; peut-être aussi n'avait-il de la bonne foi que l'apparence, et l'entretien était-il arrivé au point où il avait voulu le conduire? Il releva la tête, et dit d'une voix lente et profondément altérée :

— Ainsi, vous vous êtes joués tous deux de moi! Et quelle vengeance avez-vous choisie! Si j'étais coupable à vos yeux de vous aimer, il fallait opposer le silence du dédain aux aveux que j'avais osé vous faire : j'aurais compris alors que je devais me taire, que je devais renfermer en moi-même cet amour insensé. Mais ce n'était pas assez pour vous de me mépriser, vous m'avez donné une espérance pour la briser plus tard; un rêve de bonheur pour me rendre plus malheureux! Ah! comme vous avez dû rire de moi! Qu'il a dû vous remercier de lui avoir livré mon secret! Avec quelle joie perfide vous avez sans doute calculé ensemble ces réponses dont chaque mot m'attirait dans un piége! Et je vous suivais partout, partout je me trouvais sur votre passage, et chaque fois que mes regards rencontraient les vôtres, c'était une honte nouvelle pour moi, un triomphe pour lui et pour vous! Ah! pourquoi m'ordonniez-vous tout à l'heure de sortir? Qu'aviez-vous à craindre de moi, madame, de moi que vous avez rendu si ridicule?

Il eût encore parlé long-temps avant que Louise eût cherché à l'interrompre. Que lui aurait-elle dit? Elle ne pouvait ni se justifier ni se plaindre tout haut. Elle acceptait ce reproche de cruauté, parce qu'elle ne pouvait lui apprendre ce qui s'était passé en elle depuis le jour où elle avait reçu sa première lettre. Le silence d'Emile, pâle, défait, et levant sur elle des regards où se peignait une sombre douleur, la forçait de parler à son tour : elle crut trouver une excuse dans les derniers mots qu'il avait prononcés.

— Monsieur, dit-elle avec un accent qui, malgré elle, démentait cette accusation d'insensibité, je désirais éviter entre nous une explication que votre insistance a rendue nécessaire. Cette seconde lettre est la dernière que vous deviez recevoir; je voulais les anéantir toutes deux : je vous priais de tout oublier, et maintenant je vous adresse encore la même prière. Si nous avons l'un et l'autre des torts, montrons-nous également généreux. Nous ne nous connaissons plus, et j'espère, monsieur, que vous êtes disposé comme moi à terminer cette entrevue.

— Vous vous trompez, madame, répondit Emile avec un grand sang-froid.

— Monsieur, que prétendez-vous?

— Rester ici, pour qu'il m'y trouve.

— Que voulez-vous dire? s'écria-t-elle d'un air effrayé.

— On ne m'a pas fait l'honneur qu'on aurait fait à tout autre. On m'a cru trop méprisable pour me craindre, trop lâche peut-être pour donner une satisfaction. C'est assez d'humiliation, madame! Coupable envers vous, je ne le suis plus envers lui, et s'il lui faut une autre vengeance, je lui donne l'occasion de la prendre. Mais fuir ainsi! fuir! pour que dans une heure il soit instruit de ma visite...

— Monsieur...

— Pour qu'il y trouve encore un sujet de raillerie....

— Il ne le saura pas.

— Qui m'en répond, madame?

— Moi.

— Vous!

— Moi! qui veux éviter une querelle, qui sais bien, monsieur, que vous l'accepteriez; moi, qui ne veux pas avoir à me reprocher un malheur, quel qu'il soit... Eh bien, je consens à ne rien dire, à taire que vous êtes venu... Mais partez, partez vite! Vous hésitez encore?... Mon Dieu! que vous faut-il de plus? N'est-ce pas assez pour vous qu'une femme vous prie?

Il allait répondre; elle lui fit un signe tout à coup, et elle devint pâle et tremblante. Emile lui prit la main, et elle n'eut pas la force de la retirer: quelqu'un venait d'entrer dans l'appartement. Etait-ce son mari dont elle entendait les pas sur le parquet d'une pièce voisine? On la traversa deux fois, puis le bruit s'éloigna.

Louise ouvrit une porte qui donnait sur un corridor intérieur par où on pouvait gagner l'antichambre.

— Partez, dit-elle à voix basse, partez.

Emile avait plus obtenu dans ce moment de silence que dans une longue conversation.

Le soir du même jour, Boisroger, qui depuis une heure bâillait auprès de sa femme, lui dit:

— Je pense bien que mon nouveau collaborateur, monsieur Emile, aura deviné le véritable sujet de la pièce que je lui ai contée hier. Tu n'as rien à me lire, Louise?

— Non, répondit-elle: je n'ai pas reçu de lettre aujourd'hui.

XI

La Loi du talion.

Le vendredi saint de l'année 183., dans la matinée, Théophile de Boisroger était dans son cabinet, occupé à écrire un chapitre fort intéressant de son roman, lorsqu'on vint lui apporter une lettre.

— C'est de M. Bérard, lui dit-on, et son domestique attend la réponse.

— Ah! ah! se dit Boisroger en décachetant le billet, est-ce qu'il voudrait encore me prendre pour témoin dans quelque nouveau duel, ce cher Bérard? Il ne manquerait plus que cela... Voyons...

Le billet était ainsi conçu:

« Mon cher Théophile, c'est aujourd'hui le vendredi saint... » — Je le sais parbleu bien! murmura l'homme de lettres, en s'interrompant dans sa lecture. « et ma femme qui, depuis quelques jours, éprouve un grand » accès de dévotion... » — Absolument comme la mienne; elles se sont entendues! « m'a signifié qu'on ferait maigre aujourd'hui chez moi; cela » mennuie... » — A qui le dit-il? « J'ai pensé qu'en ta qualité d'homme de » lettres, et d'auteur dramatique surtout, tu étais trop brouillé avec » l'Eglise pour suivre un pareil régime. Veux-tu, en conséquence, me » recevoir aujourd'hui sans façon à dîner? Un mot de réponse, s'il te plaît, » à ton vieux camarade.

» GEORGES. »

Théophile de Boisroger prit la plume et écrivit ce qui suit :

« Mon cher Georges, il est écrit là-haut, je te l'ai déjà dit, que nos deux » destinées seront toujours communes. Tu comprends sans peine, d'après » ce préambule, qu'il m'est impossible de te recevoir aujourd'hui chez » moi; mais si tu veux venir à six heures au *Café de Paris*, tu m'y trou- » veras tout disposé, je te jure, à partager tes idées d'insurrection ecclésias- » tique et conjugale. A tantôt, mon vieux complice.

» THÉOPHILE. »

L'illustre écrivain était occupé à plier sa missive, lorsque la porte de son cabinet s'ouvrit de nouveau et donna passage au docteur Wilberg Celui-ci entra sans cérémonie, comme un ami de la maison, et, après avoir serré la main de Boisroger, il s'installa au coin du feu, dans un grand fauteuil sculpté du temps de Louis XIII.

— Eh! cher docteur! s'écria Théophile, quel heureux hasard me procure si matin l'honneur de votre visite?

— Je viens, mon cher, vous demander un service.

— Parlez, docteur, je serai trop heureux si je puis...

— Vous connaissez mademoiselle J..., de l'Opéra-Comique?

— Qui ne la connaît pas? C'est une charmante actrice.

— De plus une de mes clientes.

— Je vous en félicite.

— Mademoiselle J... a beaucoup entendu parler d'un délicieux ouvrage en deux actes dont vous avez fait le poème, et qu'on doit mettre à l'etude la semaine prochaine.

— Ah! ah!

— Il paraît qu'il y a dans cet ouvrage un rôle qui lui conviendrait sous tous les rapports.

— Et vous venez me le demander pour elle?...

— Justement.

— Désolé de vous refuser, mon cher docteur, mais j'ai à me plaindre de mademoiselle J.... qui, il n'y a pas plus de quinze jours, a fait manquer la représentation d'une de mes pièces, et un dimanche encore, un jour de recette forcée! Elle n'aura plus un seul rôle de moi.

— Oh! mon cher de Boisroger, vous n'aurez pas cette inhumanité. Ecoutez : je me porte caution qu'il n'en sera plus ainsi à l'avenir, et qu'elle vous fera même des excuses, si vous y tenez.

— Diable! docteur, il paraît que vous avez fort à cœur d'obliger mademoiselle J....?

— Je vous ai dit que c'était une de mes clientes.

— Je comprends, j'y réfléchirai; mais je ne vous promets rien, je vous en avertis.

— Et quand pourra-t-on connaître votre détermination, ô le plus rancuneux des auteurs?

— Voulez-vous dîner ce soir avec moi en garçon au Café de Paris? nous en causerons; Georges Bérard sera des nôtres.

— Georges Bérard! Eh! eh! je serai bien aise de le voir. Comment va-t-il ce pauvre Bérard?

Il y avait dans le ton avec lequel le docteur prononça ces dernières paroles je ne sais quoi d'ironique qui n'échappa point à Boisroger. Toutefois, il se contenta de répondre avec un grand flegme :

— Ce pauvre Georges se porte parfaitement.

— Tant mieux, reprit Wilberg du même ton : eh bien! mon cher, puisqu'il en est ainsi, j'accepte avec grand plaisir votre invitation. Un dîner de maris-garçons! ce sera charmant; nous parlerons de mademoiselle J.... au dessert; je vous la recommande, mon cher. A ce soir donc!

— A ce soir, six heures précises.

— C'est dit.

Et le docteur sortit en fredonnant le motif d'une cavatine chantée par mademoiselle J.... dans un opéra que nous demandons la permission de ne pas citer.

Dans la soirée, la trinité joyeuse se trouvait réunie dans les salons particuliers du Café de Paris. Le dîner, qui avait été des plus gais comme des plus somptueux, nonobstant les prescriptions canoniques relatives au vendredi saint, touchait à sa fin. On était à ce moment le plus agréable peut-être d'une solennité gastronomique, ce moment qui précède immédiatement le dessert, et où les organes que n'engourdit pas encore le travail de la digestion conservent toute leur activité, où le vin a toute sa saveur, l'esprit toute sa verve et toute sa subtilité, le cœur toute sa franchise et tous ses épanchemens; Boisroger, dit à mi-voix à Wilberg, pendant qu'il lui versait un verre de vin du Rhin :

— Docteur, voici le moment de me présenter votre requête pour votre cliente, et vous annonce que j'y souscris d'avance; mais c'est à une condition : vous me déclarerez franchement où vous en êtes avec elle.

— Bien vrai? répondit le docteur : touchez là, j'accepte le marché. Aussi bien, je ne fais pas mystère de ces choses-là à mes amis, parce que je les sais incapables d'en mésuser, et je veux bien vous avouer à tous deux que la petite J... a quelques bontés pour moi.

— Prenez garde, mon cher docteur, répartit vivement Bérard, je suis trop votre ami pour ne pas vous dire que, quand on a une aussi jolie femme que la vôtre, il faut se méfier de certain proverbe d'une application des plus fréquentes.

— Lequel donc?

— *En été comme en hiver, qui quitte sa place la perd.*

Le docteur regarda son interlocuteur d'une étrange façon, et, réprimant un sourire qui vint errer au bord de ses lèvres, il dit tranquillement :

— Trouvez-moi un meilleur système que le mien.

— Ah! vous appelez cela un système! reprit Bérard avec toutes les marques de la plus profonde surprise.

— Oui, mon cher, et votre proverbe n'a pas le sens commun. Croyez-en ma vieille expérience, et songez que c'est un médecin qui vous parle, un médecin pour lequel les maladies de l'âme ont beaucoup moins de secrets, entendez-vous, que celles du corps. J'ai prodigieusement réfléchi sur le mariage, mes très chers, et j'en suis venu à acquérir une conviction désolante pour notre pauvre humanité : c'est que dans l'union la mieux assortie, il faut toujours que l'un des deux à la longue viole la foi conjugale. Or, ne vaut-il pas mieux que ce soit le mari? Je pourrais vous citer de nombreux argumens à l'appui de mon opinion, je me contenterai d'un seul : c'est qu'il n'y a rien dont une femme se lasse plus vite que d'un amant qui l'obsède incessamment de sa tendresse. C'est prouvé cela, et Racine a consigné dans une de ses tragédies la plus choquante contre-vérité qui ait jamais été prononcée au théâtre, lorsqu'il a fait dire je ne sais plus à laquelle de ses héroïnes :

Je t'aimais inconstant, qu'aurais-je fait fidèle?

Je soutiens, moi, qu'il faut être inconstant pour conserver sûrement l'amour de sa femme. Qu'en dites-vous, Boisroger?

—Vous voyez... répondit l'homme de lettres, qui avait à la main un crayon, et qui tenait de l'autre un carnet ouvert ; je m'apprête à prendre des notes. C'est puissamment raisonné ! c'est de l'homœopathie toute pure appliquée au monde moral.

— Ainsi, vous êtes de mon avis ?

— Non pas.

— Alors, tu es du mien? s'écria Bérard.

— Non plus.

— Explique-toi donc.

— Volontiers. Je veux qu'en matière de fidélité conjugale la réciprocité soit complète ; mais je veux aussi que la femme comme le mari soient soumis aux mêmes épreuves, et qu'ils puisent l'un et l'autre dans l'amour mutuel qu'ils se portent les moyens de résister à toutes les séductions. Une femme doit savoir se défendre elle-même contre toute attaque ; celle qui a besoin d'un soutien, d'un appui, est déjà perdue.

— Quoi ! repartit Bérard avec violence, tu sauras qu'un homme cherche à attenter à ton honneur, à ton repos, et tu resteras paisible spectateur de la lutte qu'il va engager pour parvenir à ses fins?

— Je ferai mieux, je l'encouragerai peut-être, ne fût-ce que pour mieux jouir de sa défaite.

— Oh! c'est de l'aveuglement, reprit le capitaine en frappant sur la table. Ainsi, dans ton système, il aurait fallu que j'allasse prendre par la main M. le marquis de Maugiron, après avoir intercepté son audacieux billet, et que je lui disse en m'inclinant : « Donnez-vous la peine d'entrer chez moi, monsieur le marquis; je suis curieux de voir comment vous vous y prendrez pour séduire ma femme? »

— Pourquoi pas?

— Ah! corbleu ! c'est trop fort. Heureusement que je lui ai planté une bonne balle dans le corps à ce marquis, ce qui lui apprendra à venir faire le freluquet auprès des dames : et si tous agissaient comme moi, Dieu me damne si la liste des maris trompés serait ce qu'elle est.

— Eh! eh! s'écria le docteur Wilberg qui était resté depuis quelques instans auditeur impassible de ce dialogue, je crois, moi, que vous avez raison, car la liste serait... encore plus longue.

Boisroger partit d'un éclat de rire en entendant cette réplique; puis, voulant changer le cours de la conversation :

— Comment va M. de Maugiron? dit-il au docteur.

— Beaucoup mieux depuis une huitaine de jours, répondit celui-ci.

Et il jeta involontairement de nouveau un regard sur le capitaine, qui reprit d'un ton assez sarcastique :

— Ne serait-ce pas depuis une visite que lui aurait faite une certaine dame qu'on ne nomme pas?

Wilberg devint tout rouge et attacha sur son interlocuteur un regard des plus embarrassés, pendant que Boisroger, de son côté, haussait les épaules et donnait au capitaine de violens coups de genoux pour l'obliger à se taire.

— Ah ça, dit le docteur, qui commençait à se remettre, que diable venez-vous me conter avec votre belle dame? Vous rêvez, mon cher Bérard.

— Non, parbleu, pas! demandez plutôt à Boisroger.

— Qu'est-ce donc ! répartit Wilberg avec un air d'ingénuité admirable.

— Oh, mon Dieu ! répondit l'homme de lettres, c'est la chose du monde la plus simple, une histoire qui n'a pas la moindre apparence de fondement et comme on en fabrique tous les jours dans le monde. Le général D..... aurait été voir le marquis de Maugiron, et la garde-malade lui aurait raconté que le marquis, le jour où il était au plus mal, avait été subitement guéri par l'apparition d'une belle brune qui s'est donnée pour sa sœur. Madame de Tourny, qui prétend tenir cette histoire de la femme même du général, n'a pas manqué d'ajouter qu'il était difficile de croire aujourd'hui aux sœurs des jeunes gens malades, et là-dessus, comme bien vous pensez, on a fait mille commentaires et mille broderies.

— Pourquoi ne serait-ce pas sa sœur? dit froidement Wilberg.

— Vous admettez donc l'histoire comme vraie? reprit le capitaine.

— Elle est du moins possible.

— Allons! vous faites le mystérieux avec nous, docteur. Au surplus, vous avez raison; un médecin est un confesseur nommé par la faculté.

— On étouffe de chaud dans ce salon! s'écria Wilberg, et il se leva en même temps pour aller ouvrir la fenêtre. Boisroger profita de cet instant pour se pencher à l'oreille de Bérard et y jeter ces mots à voix basse :

— Tais-toi donc, bavard!

— Mais, répondit de même le capitaine, c'était donc décidément sa femme?

— Je commence à croire, se dit mentalement l'homme de lettres, que ce pourrait bien être *une autre*, et il jeta un regard de compassion sur son infortuné camarade de collége, puis il ajouta tout haut :

— Docteur, il me semble que notre conversation tourne furieusement au sérieux et à la médisance; terminerons-nous donc ainsi notre dîner de garçons? ce serait indigne de nous.

A cet instant, on apporta le dessert, au milieu duquel figurait un resplendissant bol de punch au kirsch, accompgné de la collection obligée de cigares.

— Allons! poursuivit gaîment Boisroger, nos dissertations conjugales nous ont menés bien loin de mademoiselle J... de l'Opéra-Comique; j'espère, docteur, que vous serez moins discret à l'endroit de cette petite. Parlez, nous vous écoutons.

— Et d'abord, dit Bérard, êtes-vous bien sûr d'elle?

— Oh! pour celle-là, répondit Wilberg avec un peu de fatuité, vous saurez qu'elle m'aime à la folie.

— En vérité?

— Ma foi, je ne sais comment cela se fait. Elle ne passe pas un jour sans m'envoyer une de ses lettres. Elle n'est pas très forte sur l'orthographe, c'est vrai, mais aussi elle distille le sentiment à ravir, et croiriez-vous que la pauvre petite se relève la nuit pour m'écrire?

— Oh! c'est trop fort, docteur, vous ajoutez.

— Non, ma parole d'honneur! et je suis bien fâché de n'avoir pas là une de ses lettres; je voulais en apporter aujourd'hui quelques unes pour les montrer à Boisroger; mais je les aurai placées par mégarde dans un autre endroit que celui où je les mettais habituellement, car je ne les ai pas retrouvées.

— Et vous ne craignez pas, dit Bérard, qu'elles soient tombées entre les mains de votre femme?

— Et quand cela serait, s'écria Wilberg en souriant d'une façon toute particulière, pourquoi m'en inquiéterais-je? Je vous l'ai déjà dit, je suis sûr de ma femme comme de la bonté de mon système. Madame Wilberg possède un esprit d'une trop haute portée pour ignorer que le cœur n'a jamais part dans ces sortes d'attachement. Cela lui suffit.

— Vous croyez?... dit Boisroger : moi, je sais bien des femmes qui ne pensent pas de même. Mais il me semble que nous retombons dans l'analyse. Cela devient fastidieux. Qui veut des cigares?

Ici, il y eut une interruption, et chacun des convives, métamorphosé en fumeur, se livra voluptueusement à cette occupation toute passive qui permet si bien de se recueillir en soi-même, sans cesser pour cela d'être en compagnie. Tout à coup le docteur Wilberg, qui s'était approché de la fenêtre et contemplait, perdu dans une vague rêverie, les rares promeneurs épars sur le boulevart de Gand, poussa une exclamation qui fit tourner la tête à ses deux compagnons. A la lueur brillante que projette devant le Café de Paris le gaz s'échappant à grands flots d'un double rang de candelabres, il venait d'apercevoir un charmant petit jockei revêtu de la plus coquette livrée, et il l'appelait de la voix et du geste :

— Hé ! Frédéric ! Frédéric !

Frédéric entra.

— Bonsoir, Frédéric, lui dit Wilberg avec sa voix la plus flatteuse, comment va ce soir ta charmante maîtresse?

— Elle a sa migraine, monsieur, répondit le petit homme de ce ton légèrement impertinent qui caractérise assez généralement la valetaille attachée au service d'un certain genre de femmes.

— Pauvre ange ! reprit Wilberg ; tu lui diras que je ne manquerai pas d'aller déjeûner avec elle demain matin, et que j'aurai une bonne nouvelle à lui annoncer, ajouta-t-il en regardant Boisroger.

— Au fait, s'écria ce dernier, en jetant le reste de son cigare, je reconnais ce petit drôle. Il est au service de mademoiselle J....

— Je ne verrai pas madame avant demain, répondit Frédéric.

Et il tournait déjà les talons, lorsqu'en fouillant machinalement dans sa poche il y trouva un paquet qu'il tendit au docteur. C'était un billet cacheté.

— Monsieur, lui dit-il, madame m'avait chargé de vous remettre cette lettre demain matin, mais si cela vous est égal, lisez-la tout de suite pour voir s'il y a une réponse. Comme cela, ma commission sera faite.

— Une lettre d'elle ! s'écria Wilberg, que ne me le disais-tu plus tôt? Et il la décacheta vivement, en ajoutant d'un ton triomphant : — Eh bien ! messieurs, refuserez-vous encore de me croire? Cette femme-là m'adore ! Elle m'a déjà écrit ce matin.

Mais il n'eut pas plus tôt porté les yeux sur l'amoureux message, que son front se rembrunit visiblement.

— Qu'est-ce donc, dit Boisroger, est-ce que vous êtes indisposé, cher docteur?

— Ce billet serait-il destiné à un autre? ajouta Bérard.

— Non pas, c'est bien à moi.

— Et il tomba atterré sur un siége, en laissant échapper le billet de ses mains. Boisroger la ramassa et lut à haute voix ce qui suit, en l'assaisonnant, selon la coutume usitée au théâtre, de quelques interruptions en forme de commentaire :

« Dans la nuit du samedi... avril 183...

— Comment?... Mais elle se trompe de date... nous ne sommes encore qu'au vendredi.

» Cher ami, il est trois heures du matin... je ne puis trouver le sommeil... je me relève pour vous écrire que je vous aime.

— Diable ! diable !

» Quatre heures !... le jour commence à poindre... pensez-vous à moi qui pense à vous?... Les oiseaux chantent... »

— Elle en a menti par la gorge ! il ne fait pas encore jour à quatre heures au commencement d'avril, et il n'y a que les actrices de l'Opéra-Comique qui chantent à cette heure-là, quand elles veulent forcer leur propriétaire à leur donner congé.

— Assez ! assez ! balbutia Wilberg, dont l'amour-propre était au supplice ; il est évident que c'était écrit d'avance. Puis s'adressant au petit jockei : — Viens ça, drôle, lui dit-il, et fais un choix entre cette pièce d'or ou tes deux oreilles que je t'arracherai à coup sûr, si tu ne me dis à l'instant même ce que fait ta maîtresse.

— Monsieur... monsieur... ne me battez pas, balbutia le petit bonhomme : madame n'a pas sa migraine ce soir, c'est vrai, mais elle est très occupée... M... est à la maison, qui répète un grand duo de l'opéra nouveau qu'ils doivent chanter ensemble, un morceau difficile, à ce qu'il paraît... aussi il vient tous les soirs pour cela.

— Et dit-on quand il s'en va? s'écria le capitaine qui se sentait en verve.

Wilberg, furieux, ne laissa pas le temps à Frédéric de répondre, et, jetant une pièce d'or sur le parquet, il lui fit un signe tellement impératif de sortir, que le petit bonhomme, tremblant de tous ses membres, gagna lestement la porte. Cependant, arrivé là, il s'arrêta un instant, et, reprenant quelque peu d'aplomb :

— Comme cela, monsieur, il n'y a pas de réponse?

— Si fait, dit Boisroger, tu diras à ta maîtresse de ma part qu'il est dangereux de prendre le vendredi pour le samedi, et qu'une femme ne doit jamais se faire plus vieille qu'elle n'est, même dans ses lettres.

Après le départ du petit jockei, il y eut un silence de quelques minutes. Bérard le rompit le premier, et, se posant devant Wilberg les bras croisés et d'un air goguenard :

— Eh bien! docteur, qu'en dites-vous? voilà un événement fâcheux qui ruine un peu votre système. car il en résulte à mon avis qu'on court la chance d'être doublement trompé par sa maîtresse et... par sa femme.

Le docteur releva vivement la tête à ce dernier mot, comme un bon cheval qui vient de sentir le fouet.

— Ma femme! s'écria-t-il, halte-là! ne confondons pas, s'il vous plaît, l'esprit et la matière. Je réponds de Stéphanie; elle est peut-être un peu légère, un peu coquette même, mais celles-là seules ne se brûlent pas qui savent jouer avec le feu. Que m'importent les trahisons de mademoiselle J...? elle en avait trahi un autre pour moi, et ce sera bientôt le tour de mon successeur. Mais ma femme n'appartient qu'à moi : elle m'est et elle me sera toujours fidèle, et je persiste dans mon système.

Comme il prononçait ces derniers mots, un grand tumulte se fit entendre à l'extérieur. Des voix confuses s'élevèrent à la fois dans tous les coins du Café de Paris, et bientôt on put distinguer ces paroles :

— Un médecin! un médecin! n'y aurait-il pas ici un médecin?

Bérard, qui était debout et tout près de la porte, l'ouvrit vivement :

— Qu'est-ce? s'écria-t-il.

Deux garçons qui passaient à cet instant l'entraînèrent.

— Ah! monsieur, venez vite lui dirent-ils.

— Mais ce n'est pas moi qui suis médecin, balbutia le capitaine.

A peine il avait donné cette explication, qu'il se trouvait déjà entraîné dans un cabinet voisin. Qui il rencontra dans ce cabinet, c'est ce que personne au monde n'a jamais su de lui, mais il sortit immédiatement en se cachant le visage; et, ayant rencontré Wilberg qui s'en venait tout rêveur en compagnie de Boisroger, pour savoir en quoi son ministère pouvait être utile, il les prit tous deux par le bras, et, les ramenant presque de vive force dans le salon où ils avaient dîné et dont il referma soigneusement la porte :

— Ce n'est rien, docteur, dit-il, une dame qui se trouvait mal, voilà tout; mais il y a quelqu'un auprès d'elle. Puis il murmura tout bas : Pauvre docteur!

Wilberg, à qui, dans ce moment, un souvenir traversa l'esprit jeta un regard de compassion sur Georges Bérard, et ces deux mots vinrent, comme un écho involontaire, errer sur ses lèvres :

— Pauvre capitaine!

Quant à Boisroger, toujours calme, toujours observateur, il venait de tirer le cordon de la sonnette, et, lorsqu'on entra, il s'écria en contemplant ses deux amis avec un demi-sourire :

— Garçon, l'addition!

XII

Pauvre Docteur.

Un écrivain, je ne sais plus lequel, Boisroger peut-être, a dit :

« L'homme véritablement sage est celui qui, connaissant le mieux sa propre faiblesse, s'abstient de défier les passions.»

Si cette maxime est vraie à l'égard des hommes qui ne sont justiciables que de l'opinion qu'ils dirigent et des lois qu'ils ont faites, à plus forte raison peut-elle être appliquée aux femmes. Madame Wilberg en faisait la triste expérience.

Rentrée, depuis une demi-heure environ, dans sa chambre à coucher, elle avait voulu être seule. Sa femme de chambre elle-même avait reçu l'ordre de ne pas se présenter; et comme si, au milieu de cet hôtel où veillaient, en attendant le retour de leur maître de nombreux domestiques, elle eût craint quelque surprise, Stéphanie avait poussé le verrou doré de la porte. Elle était assise sur une causeuse, le regard fixe, les mains abandonnées, les cheveux en désordre, et retenue à cette place comme par une puissance invincible. A son immobilité, à la pâleur de ses traits, on l'eût prise pour la statue de la douleur, si un souffle précipité n'eût soulevé sa poitrine. Enfin cette souffrance intérieure qui tendait, jusqu'à les briser, tous les ressorts de son organisation, céda à sa violence même : Stéphanie pleura. Elle pleura pour la première fois depuis bien long-temps, cette femme à qui l'orgueil avait conseillé une lutte insensée, qui avait placé sa propre estime au dessus de l'estime du monde ; elle pleura en se voyant coupable à son tour, faible comme une autre, et déchue de cette fausse grandeur; et ses larmes étaient plus amères encore que celles qu'elle avait répandues autrefois dans ses momens de tristesse et d'abandon! A quoi lui avaient servi tant de force et de résolution? à se préparer de longue main une défaite plus humiliante. Un instant de dépit vulgaire et d'égarement des sens qu'elle croyait assoupis à jamais, l'amour d'un enfant après tant d'hommages inutiles et d'amours dédaigés, voilà sur quel écueil elle avait fait naufrage! La confidence involontaire que pour la première fois son cousin Henri, dont elle connaissait le secret, avait reçue à la fin de la soirée, commencée au Théâtre-Italien et achevée par une sorte de confession, l'avait avertie du danger : Stéphanie s'était troublée; elle s'était sentie honteuse de ce demi-aveu, honteuse d'avoir laissé lire dans son cœur. Parce qu'elle avait résisté aux désirs muet d'un amour timide et inexpérimenté, elle avait pensé pouvoir le dominer toujours. Elle ne s'était pas aperçue que l'habitude la familiarisait avec le péril au point de lui faire croire qu'il n'existait plus. Il était temps encore pour elle de revenir sur ses pas; mais quel appui lui restait-il? quel était son soutien, maintenant que sa volonté fléchissait sous le fardeau qu'elle lui avait imposé? Avec cette inconséquence de cœur et de tête particulière aux femmes à qui il faut sans cesse une émotion, Stéphanie donna le change à son inquiétude, et, pour se préserver d'une faute, voulut s'assurer des fautes d'un autre. La négligence de Wilberg, qui prenait à peine le soin de cacher ses infidélités, vint en aide à la jalousie qu'elle appelait à son secours, qu'elle accueillait comme une protection contre elle-même. Sans trop de recherches, elle se vit bientôt en possession d'une volumineuse correspondance, et s'abandonnant au détestable raisonnement qui l'égarait, elle épia la conduite de son mari; elle savait qu'il était entré au Café de Paris. Persuadée d'abord qu'il y était avec sa rivale, elle l'y suivit : mais quand elle reconnut son erreur, Henri était auprès d'elle, Henri qui sur un mot avait franchi la limite qui sépare l'enfance de la jeunesse!...

Autrefois, lorsque Stéphanie rentrait chez elle, enivrée d'hommages, fatiguée de conquêtes, sa chambre, où personne qu'elle ne pénétrait, était à ses yeux comme une espèce de sanctuaire, au seuil duquel elle laissait le souvenir des adorateurs enchaînés à son char, et où elle rejetait et foulait aux pieds son masque de coquetterie. Là, elle se rendait témoignage à elle-même : dans cette atmosphère restée pure, elle respirait à l'aise, et trouvait sans cesse de nouvelles forces pour de nouvelles luttes. Un instant avait tout changé. Calomniée jusqu'à ce jour dans le monde, elle avait perdu son dernier asile. La vérité l'y poursuivait pour l'accabler et la forcer à rougir. Chaque objet qui l'entourait lui semblait un œil ouvert sur elle : elle entendait l'épigramme insultante, qu'elle ne pouvait plus démentir, bourdonner à ses oreilles. Sa tête s'exaltait : elle se méprisait autant qu'elle s'était glorifiée, elle s'humiliait, elle demandait grâce, grâce à cet enfant qui pouvait la perdre, grâce à son mari qui, peut-être, à défaut d'amour, vengerait son honneur offensé ; elle oubliait les torts de Wilberg pour ne plus se souvenir que des siens, et plus craintive, plus faible qu'elle ne l'était au temps où elle se résignait à sa destinée, elle était prête parfois à aller le trouver, à se jeter à ses pieds, à le supplier de lui pardonner.

On frappa légèrement à la porte de sa chambre. Elle tressaillit, et, d'une voix à laquelle elle s'efforçait de donner de l'assurance, elle dit :

— Que me veut-on ? J'avais ordonné qu'on me laissât seule.

— Ma chère amie, répondit de l'autre côté de la porte le docteur, j'espère bien que vous lèverez la consigne en ma faveur.

Madame Wilberg, d'abord effrayée de cette visite qui semblait prévenir l'aveu qu'elle s'était crue disposée à faire, se remit en remarquant l'accent patelin avec lequel ces paroles avaient été prononcées. Le docteur renouvela sa demande ; et, sans oser se rendre compte du motif de cette insistance, Stéphanie, qui semblait ne plus avoir de volonté, lui ouvrit.

Wilberg n'avait demandé la permission d'entrer que par pure discrétion, ne se doutant nullement que sa femme était sous les verroux. Comme une pareille visite était extraordinaire de sa part, il prit prétexte de cette circonstance pour entamer la conversation.

— Quoi ! dit-il, vous vous étiez enfermée ?

Elle répondit croyant avoir besoin d'une excuse :

— C'est mon habitude.

— Je commence bien ! pensa Wilberg : me voilà battu au premier mot. Maladroit ! je m'étonne de ce que je devrais savoir.

Pendant qu'il cherchait comment il réparerait ce triste début, il regarda sa femme, et vit que sa figure était pâle et altérée. Il la fit asseoir, et se plaçant en face d'elle :

— Qu'avez-vous donc, ma chère amie ? Vous êtes souffrante...

Il lui prit la main.

Stéphanie, forcée de se soumettre à cet examen attentif, levait sur Wilberg des regards embarrassés, et plus elle se troublait, plus il sentait croître son inquiétude. Il tenait une conversation en partie double : pendant qu'il disait à haute voix :

— La peau est brûlante... le pouls est irrégulier... un peu agité...

Il se dit tout bas :

— Elle a pleuré. Maudites lettres ! J'ai bien peur qu'elle ne les ait trouvées.

Leur situation était singulière. Tous deux se sentaient coupables, et chacun croyait lire sur la physionomie de l'autre un reproche. Que pouvait-il résulter de cet étrange imbroglio moral ? Assurément ce n'était pas une explication volontaire, et dans cette confusion le docteur devait perdre le plus à ce changement de rôles. C'était à lui à parler, et il ne trouvait pas un mot à dire. Aussi il débuta par un lieu commun.

— L'air était très vif ce soir : vous aurez gagné du froid, peut-être, ma chère amie. Êtes-vous sortie ?

A cette question si rassurante pour elle, Stéphanie respira plus librement et sentit s'évanouir complétement l'envie qu'elle avait eu de s'accuser elle-même.

Combien de temps dure le remords ? Le temps que dure la peur.

Elle répondit négligemment :

— Je suis sortie quelques instans.

— Avez-vous été au concert ?

— Non. Et vous ?

— Ni moi.

Le docteur pouvait n'en pas dire davantage. Son mauvais génie le poussa à ajouter un gros mensonge.

— J'ai passé toute la soirée auprès de M. de Maugiron.

— Ah !

— Il avait désiré me voir. Il touche maintenant à sa convalescence. Mais je ne puis pas faire honneur à la science seule de sa guérison. Vous ai-je parlé d'une certaine visite ?...

— Oui.

— Si vous connaissiez la personne, vous seriez bien surprise... Certes, s'il existe au monde un mari qui puisse se croire le droit d'être tranquille, c'est bien celui de cette dame...

Stéphanie baissa la tête avec un embarras visible : le docteur le remarqua. Il se rappela le dicton populaire : ***Il ne faut pas parler de corde dans la maison d'un pendu***, et se dit tout bas :

— Je me suis placé là sur un terrain glissant : où diable vais-je parler d'infidélité conjugale quand je crains qu'on ne m'accuse moi-même... Décidément, ce soir je ne suis qu'un sot.

Mais comme la réponse qu'il redoutait ne se fit pas attendre, il reprit, au bout de quelques secondes :

— Savez-vous, ma chère amie, que la vie de Paris commence à ne plus offrir de ressources ? plus de bals... encore quelques concerts... une soirée musicale de Baillot, voilà tout... Que ferons-nous ce printemps ? Voyagerons-nous ?

— Est-ce que rien ne vous retient ici ?

— Rien absolument.

— Et quand voulez-vous quitter Paris ?

— Quand vous le voudrez, Stéphanie.

— Dans huit ou dix jours, dit-elle, après avoir réfléchi quelques instans. J'ai promis à la comtesse de Lacy d'aller la voir à la campagne, et je comptais partir demain dans la matinée.

— Soit : j'emploierai ce temps à faire tous les préparatifs.

— Mais à propos, mon ami, comment nous arrangerons-nous avec mon cousin ?...

— Henri ?

— Oui. Vous ne l'emmenez pas, je suppose ?

— Pourquoi pas ? Il ne demandera pas mieux, sans doute.

— Mais dans son intérêt, il faut qu'il reste...

— Vous avez peut-être raison : il a un peu négligé ses études, votre cousin, surtout dans ces derniers temps. C'est un charmant garçon, plein d'intelligence : il aura de la fortune, mais il ne doit pas oublier pour cela que le vœu de son père, le digne contre-amiral de M..., votre oncle, l'appelle à entrer dans la marine. Il serait fâcheux qu'il ne fût pas reçu cette année à l'école navale. Et d'ailleurs, quand il n'en serait pas ainsi, l'ignorance n'est plus permise aujourd'hui. Je prendrai demain des arrangemens avec son précepteur.

— Vous avez confiance en ce monsieur, et, pendant notre absence, vous êtes sûr qu'il surveillera avec soin la conduite d'Henri? Il y aurait, d'un autre côté, du danger à le laisser seul...

— Je ferai mieux encore. Jusqu'aux vacances, Henri entrera dans un collége avec son précepteur; il aura une chambre à part. Sa fortune permet qu'on fasse cette dépense pour lui. Que dites-vous de ce projet?

— Il me semble très sage.

— Par exemple, ma chère amie, c'est vous qui lui ferez entendre raison, car il vous obéit mieux qu'à moi, et il ne cédera pas facilement.

— Je ne m'en charge pas, répondit madame Wilberg. Je me laisserais peut-être toucher par ses prières, et puis, je vous l'ai dit, je pars demain de très bonne heure. Arrangez cela, et à mon retour...

— A votre retour, Stéphanie, nous n'aurons plus qu'à nous occuper de nous.

Il lui prit la main, et la baisa tendrement. Le peu de résistance qu'elle lui opposa encouragea Wilberg.

— Je m'étais trompé, pensa-t-il, elle ne se doute de rien. Ma foi, je l'ai échappé belle.

Il rapprocha encore son fauteuil de la causeuse où sa femme était assise, et lui tenant toujours la main, il reprit :

— Entendez-vous, Stéphanie, nous n'aurons plus qu'à penser à nous seuls. Tenez, je trouve que cette vie dissipée devient monotone, fatigante. On croit tout faire servir à ses plaisirs, et on est l'esclave de ses plaisirs mêmes; on se crée mille obligations, mille devoirs importuns qui vous enlèvent l'un à l'autre. On n'a plus le temps de se voir et de s'aimer. Quant à moi, je voudrais essayer de la retraite, rompre avec le monde, pour quelques mois du moins, et je serais homme à m'ensevelir dans une campagne solitaire, à chercher le repos et le bonheur loin du bruit et de la foule. Mais vous, Stéphanie, vous n'aviez pas les mêmes goûts.

— Qui vous l'a dit?

— Quoi! une telle résolution vous plairait?...

— Oui.

— Tu m'aimes donc beaucoup? s'écria Wilberg transporté, et plus qne jamais persuadé de l'excellence de son système.

— Et vous, m'aimez-vous? demanda-t-elle timidement.

— Oh! moi! peux-tu en douter, Stéphanie? Où trouverais-je ailleurs tant de beauté, tant de grâces, tant d'esprit et de charmes réunis?

Wilberg, dans ce moment, était de très bonne foi. L'infidélité de mademoiselle J.... lui revenait à la mémoire : il se demandait comment il avait pu tromper sa femme pour une femme beaucoup moins belle, sotte, et qui mettait l'orthographe d'une façon si scandaleuse.

Il y a cela de charmant dans les réconciliations entre mari et femme, qu'elles ont tout l'attrait d'une bonne fortune, et qu'elles se terminent ordinairement comme on le désire. Mais il était écrit qu'en punition de ses fautes et de son aveuglement incurable à se croire infaillible, le docteur paierait tous les frais de la guerre. Son langage était de plus en plus tendre, ses regards de plus en plus caressans...

Tout à coup sa femme se leva, et, le repoussant doucement de la main, prit dans une corbeille, placée sur une table à côté d'elle, une vingtaine de lettres toutes froissées qu'elle lui remit sans prononcer une parole. Wilberg pâlit et rougit tour à tour en reconnaissant les jambages de mademoiselle J.... Il jeta les malencontreux billets dans la cheminée. Quand le feu les eut consumés :

— Ah! je n'étais pas digne, dit-il, du bonheur que j'espérais. Il faut que je l'achète par mon repentir.

Stéphanie avait exactement la même pensée, mais sa bonne étoile voulait qu'elle n'eût pas besoin de l'exprimer.

Wilberg continua :

— Si vous devez pardonner, Stéphanie, quel temps fixez-vous à mon châtiment?

— Je vous le dirai à mon retour.

Ils se séparèrent.

— Ma femme est une femme admirable, s'écria le docteur en rentrant chez lui. Quelle dignité! quelle exquise délicatesse de sentimens! L'épreuve est faite, je m'y tiens. Je serais un monstre si je ne l'adorais pas! Bérard dira encore que j'avais tort! il me citera ses proverbes!... Et le docteur se mit à rire.

Ainsi finit cette soirée comme elle avait commencé, par l'erreur et le mensonge. L'un et l'autre avaient passé une partie de leur vie à bâtir des sophismes, à raisonner à côté de la seule chose qui ne trompe pas, le *devoir*. Ce n'était guère la peine pour arriver à un tel résultat.

Madame de Wilberg partit le lendemain avant le jour. Vingt-quatre heures après, Henri, sermonné, mais non convaincu par le docteur, et protestant contre cette tyrannie, entrait dans un collége de la capitale en répétant douloureusement :

— Ah! si ma cousine avait été à Paris!... elle ne l'aurait pas souffert!

Il se résigna cependant pour ne pas compromettre sa cousine, et s'imaginant, ce qui le consolait par l'amour-propre, que Wilberg était jaloux de lui.

XIII

Une Idée de Mari.

— Qu'as-tu, mon Emilie? tu me sembles triste; depuis quelque temps tu n'es plus la même, et cela m'inquiète. Jadis tu aimais tout ce qui constitue la vie du monde, les fêtes, les spectacles, les promenades, les visites. Aujourd'hui rien de tout cela ne te plaît, et il semble que la solitude seule ait des attraits pour toi. Je ne te vois même plus rechercher la société de madame de Boisroger, que tu aimais tant, et tu négliges jusqu'à la musique. Aurais-tu quelque chagrin que j'ignore? Allons, chère amie, sois franche avec moi. Conte-moi cela.

Ainsi parlait à sa femme, un beau matin du mois de mai, l'ex-capitaine d'artillerie, Georges Bérard.

— Mon ami, répondit Emilie, je suis toujours heureuse et je t'aime. Si je suis devenue sédentaire après notre vie agitée de l'hiver dernier, ne t'en prends pas à moi, mais bien à la disparition complète de tout ce qui pouvait m'attirer hors de la maison. Toutes nos connaissances sont à la campagne, toutes, excepté peut-être madame de Boisroger, que j'ai été voir plusieurs fois de suite sans la rencontrer. Est-ce tout? Non. Tu me reproches encore de ne plus m'occuper de musique. Eh bien! veux-tu que je te confesse une chose? Quand j'étais demoiselle, j'aimais la musique pour elle-même; maintenant, je sens que je l'aime un peu moins pour moi, un peu plus pour les autres, pour toi surtout : et comme vous n'êtes jamais là, monsieur, pour m'écouter, ne soyez pas étonné si mon piano reste toujours fermé.

En parlant ainsi, Emilie prit un petit air boudeur qui lui allait à merveille et essaya de retirer sa main de celle de son mari, mais celui-ci, s'en emparant tout à fait malgré sa résistance, la porta à ses lèvres.

— Tu as toujours raison, lui dit-il, et c'est moi qui ai tort. Oh! tu es un ange! Je sais bien que dans le monde on me traite de mari jaloux, surtout depuis mon duel avec ce M. de Maugiron.

Ici, Emilie parvint enfin à retirer sa main.

— Mais, reprit vivement Georges, si je suis comme un avare qui couve son trésor, c'est ta faute : pourquoi es-tu si belle? Après tout, que me font à moi les jugemens du monde? je les brave, puisque je suis aimé de toi, et je n'ai qu'un seul regret, c'est que l'homme qui a osé t'offrir l'hommage insultant d'un amour coupable puisse encore lever les yeux vers toi lorsqu'il te rencontrera.

Emilie baissa la tête, et il y eut un silence de quelques minutes, silence qui serait devenu embarrassant pour l'un et l'autre des deux époux, si la jeune femme ne s'était levée tout à coup, et, se mettant à la fenêtre, ne s'était écriée :

— Quel beau temps! Veux-tu, Georges, que nous en profitions pour aller faire une promenade?

— Je ne saurais t'accompagner, répondit le capitaine, j'ai un rendez-vous ici, dans une heure, pour notre procès.

— Mon Dieu, murmura Emilie, cet ennuyeux procès ne finira-t-il donc pas? Puisqu'il en est ainsi, je resterai.

Georges sourit, regarda à la pendule et se leva également. A cet instant, on entendit dans la rue le grelot de plusieurs chevaux de poste qui passaient et qui, tournant devant la maison, entrèrent dans la cour avec le postillon qui les guidait.

— Voilà, dit Emilie en soupirant, un attelage destiné à des gens plus heureux que nous, des gens qui n'ont pas de procès sans doute, et qui s'en vont à la campagne ou en voyage pour tout l'été. Oh! la campagne! les voyages! que cela est bon quand on ne rencontre plus à Paris que la poussière dans les rues...

— Et dans l'intérieur des maisons, n'est-ce pas, Emilie, ma belle aristocrate?

— Oh! Georges, l'es-tu donc, toi?

— Pardon, Emilie, j'oublie que tu as renoncé à ces sottes idées le jour où je suis devenu ton mari. Mais laissons cela. Dis-moi, chère amie, tu serais donc bien contente de quitter Paris?

— Oh! oui, je voudrais en être loin, bien loin...

— Et tu ne devines pas pour qui sont ces chevaux de poste?

— Georges, que dis-tu! ces chevaux seraient pour nous?... Nous partons donc pour la Suisse, ou l'Italie peut-être, ce voyage objet de tous mes rêves? Oh! viens que je t'embrasse!

— Diable! comme l'imagination des femmes va vite! D'abord, ces chevaux ne sont pas pour *nous*, mais pour *toi*. C'est te dire assez qu'il ne s'agit point d'un long voyage.

— Pour moi! s'écria madame Bérard avec un peu d'effroi, c'est une plaisanterie, n'est-ce pas, Georges?

— Nullement, Emilie, et je ne veux point feindre davantage. C'est une surprise que j'ai voulu te ménager. Je sais combien tu aimes la campagne : il se présentait une occasion toute naturelle de satisfaire ton goût. Madame de La Roche-Bernard, ta tante, a le plus grand désir de te posséder quelque temps dans son antique castel, au fond de la Brie. J'avais des torts envers cette vieille parente qui, en dépit de ses opinions des plus ariérées, a, je crois, quelque affection pour toi. J'ai reconnu ces torts; j'ai écrit à la vicomtesse, et sa réponse ne s'est pas fait attendre. Elle aura le plus grand plaisir à te recevoir, et t'attend ce soir même. Quant à moi, j'irai te rejoindre très prochainement, comme bien tu penses. C'est une séparation pénible pour moi, Emilie, la première depuis notre mariage; mais elle me coûtera moins, puisqu'elle te promet quelques distractions que je ne saurais t'offrir ici.

En même temps, un domestique parut et dit :

— Les chevaux sont attelés, et la voiture est prête.

— C'est bien, répondit Bérard, madame descend tout à l'heure.

A peine le valet fut-il sorti, qu'Emilie, qui était demeurée jusque-là muette, interdite et les yeux baissés, se jeta en pleurant dans les bras de son mari.

— Non, dit-elle, je ne partirai pas sans toi, Georges, je ne veux pas te quitter. Il me semble qu'il doit m'arriver malheur, si je me sépare de toi.

—Enfant! répondit Georges un peu ému, et en la baisant au front, songe que c'est pour quelques jours seulement, trois ou quatre au plus. Madame de La Roche-Bernard t'attend : ne va pas, en refusant de te rendre chez elle sans moi, détruire l'œuvre de réconciliation que j'ai si bien commencée. Tu connais sa susceptibilité, elle ne nous pardonnerait jamais une telle incartade, qu'elle ne manquerait pas d'ailleurs de faire retomber sur ma tête; elle penserait que j'ai voulu me jouer d'elle. Voyons, Emilie, sois raisonnable, fais cela pour moi. Tu sais combien le monde est méchant : si cette aventure vient à s'ébruiter, on dira que c'est encore une conséquence de ma jalousie, et tu ne veux pas me donner ce nouveau ridicule, n'est-ce pas?

— Tu le désires, dit Emilie en essuyant ses larmes : eh bien! je partirai.

Et, sans ajouter un seul mot, elle sortit immédiatement du petit salon où se passait cette conversation, et se rendit dans sa chambre, pour y faire quelques légères dispositions de départ. Là ,elle trouva sa femme de chambre prête à l'accompagner : cette fille ayant été mise dans le secret, avait eu soin de faire emballer tous les objets nécessaires à sa maîtresse, si bien que celle-ci n'eut plus qu'à monter en voiture. Quoiqu'elle eût le cœur bien gros, Emilie montra dans cette circonstance assez de résignation, et Georges, qui, un instant auparavant, l'accusait de faiblesse, fut presque tenté de se plaindre en la retrouvant si forte et si courageuse. Bientôt le fouet du postillon retentit, les chevaux partirent au grand trot, et la figure mélancolique d'Emilie disparut aux yeux de son mari comme un rêve.

La conduite du capitaine pourra paraître extraordinaire, et l'on sera tenté de penser d'abord que, puisant dans le spectacle des infortunes d'autrui une excessive défiance de toute espèce de système, il en était venu à abjurer ses propres croyances en matière conjugale. Il n'en était rien pourtant. Quel motif l'avait donc fait agir? Huit jours auparavant, il avait rencontré M. de Maugiron à pied sur le boulevart des Italiens. L'un et l'autre s'étaient salués froidement; mais Georges avait senti à cette vue le serpent de la jalousie se réveiller dans son cœur. Son imagination lui avait représenté soudain le marquis mettant à profit une guérison désespérée pour renouveler de coupables démarches. A cet égard, la tristesse qu'il remarquait depuis quelque temps chez Emilie lui semblait d'un fâcheux augure, car il n'ignorait pas qu'il n'y a pas de pire prédisposition que celle-là chez les femmes. Cette crainte avait été encore augmentée par une circonstance à laquelle Georges ne pouvait rester indifférent. Trois jours de suite, et à la même heure, depuis cette première rencontre, il avait vu M. de Maugiron passer à cheval sous les fenêtres de la maison, comme s'il eût voulu de nouveau lui jeter un défi audacieux. Sous l'influence de semblables idées, Bérard avait arrêté (dirons-nous dans sa sagesse) que le plus sûr parti à prendre était d'éloigner momentanément sa femme de Paris, et l'ancien château-fort habité par la respectable douairière de La Roche-Bernard lui avait paru merveilleusement propre à l'exécution de ce projet.

Après le départ de sa femme, il resta long-temps à la fenêtre, guettant sans doute le passage de M. de Maugiron à l'heure accoutumée; mais ce jour-là le marquis ne parut pas.

Emilie, triste et rêveuse, suivait la route de Coulommiers, et traversait dans sa partie la plus centrale cette pittoresque province de Brie toute diaprée de vieux manoirs. A moitié chemin environ du bourg historique de Crécy et de la ville de Coulommiers, les chevaux prirent sur la gauche, et ce fut alors seulement qu'Emilie remarqua qu'elle approchait du terme de sa route. Il était environ huit heures du soir, et le soleil était sur son déclin, lorsqu'elle aperçut dans le lointain, au bout de l'antique avenue d'ormes séculaires, les tourelles du château de sa tante. A cette vue, elle sembla sortir de son engourdissement. La fraîcheur et le calme d'une belle soirée, les grands arbres, les prés verts, et, au milieu de tout cela, cette masse imposante de pierres et de briques avec sa haute toiture en ardoises que le soleil couchant inondait de ses rayons, tous ces objets réveillaient dans l'âme d'Emilie des idées qu'elle avait crues à jamais évanouies pour elle. A Paris, où tous les rangs se trouvent mêlés, l'argent, cette grande aristocratie qui a étouffé toutes les autres, donne rarement la considération, et n'excite guère que l'envie. Il faut venir à la campagne, à la campagne loin de Paris, pour retrouver ces vieilles traditions de respect et de dévoûment qui, se transmettant en quelque sorte avec la vie, de génération en génération, s'attachent à une demeure et à ses hôtes.

Déjà, à plusieurs reprises, des paysans qui passaient sur la route, revenant de leurs travaux de la journée, s'étaient découverts sur le passage de madame Bérard, et il lui avait semblé retrouver en eux d'anciennes connaissances, des témoins des jeux de son enfance. Si elle eût osé, elle aurait fait arrêter sa voiture, et leur aurait dit : Me reconnaissez-vous? Son enfance! doux mot qui fait déjà rêver, même à vingt-trois ans! Oh! comme les souvenirs si frais et si suaves qui se rattachaient à ce premier temps de sa vie venaient ce jour-là voltiger autour d'Emilie, et se mêler aux brises parfumées qu'on respire dans la campagne à l'heure du crépuscule! Que de fois, jadis, elle avait parcouru ces bois, ces prairies, montée sur quelque palefroi émérite, digne habitant des écuries du gothique castel, et en compagnie de quelque noble écuyer contemporain de la douairière sa tante, et qu'elle amusait et effrayait tour à tour du spectacle de ses hardiesses et de ses folies! Cette étroite et longue fenêtre en ogive qu'elle entrevoyait à l'angle oriental du château, n'était-elle pas celle qui éclairait sa chambre de demoiselle, celle où, dans les chaudes nuits d'été, elle venait se placer demi-nue pour voir le disque de la lune se baigner dans les eaux verdâtres des fossés du manoir? Comme son cœur battit d'aise, lorsque, après avoir traversé l'avenue, elle se trouva en face de ce portail armorié où se voyait encore la trace des chaînes qui retenaient autrefois le pont-levis! La tête remplie de toute cette poésie des vieux âges qui venait rafraîchir une autre poésie plus naïve et non moins féconde, celle de l'enfance, la jeune femme arriva, le front rayonnant, sous le porche du château où tous les serviteurs l'attendaient, pour lui souhaiter la bien-venue. Elle leur tendit à tous sa jolie main, comme aurait fait une châtelaine du XVe siècle, les appelant tous par leur nom, et distribuant à chacun ses plus doux sourires; puis elle s'élança lestement hors de sa voiture, comme si, semblable à ce héros dont parle la fable, elle eût, en touchant du pied la terre, oublié toute la fatigue du voyage, et renouvelé les sources de son existence. Le vieux valet de chambre de son oncle, feu le vicomte de La Roche-Bernard, retrouva presque des jambes pour l'introduire dans le grand salon, et la voix de ce digne serviteur eut une apparence de sonorité, lorsqu'il cria, en ouvrant la porte :

—Madame Emilie!

Quant au nom de Bérard, par un instinct tout aristocratique, il avait trouvé plus commode de le supprimer.

Des six grandes fenêtres destinées à éclairer le salon, une seule était ouverte et laissait pénétrer un peu d'air et de jour dans un angle de cette pièce immense. Au sommet de cet angle lumineux se tenait assise la vicomtesse douairière de La Roche-Bernard. Devant elle reposait sur un métier cette même mémorable tapisserie qu'un ou deux seulement des plus anciens serviteurs de la maison avaient vu commencer, et à laquelle Emilie ne se souvenait pas que sa tante eût manqué de travailler un seul jour. Cette fois, comme les ténèbres augmentaient sensiblement, la vicomtesse paraissait prendre quelques minutes de relâche ; à ses côtés, se tenait une demoiselle de compagnie, ancienne religieuse dont la prise de voile avait fait quelque bruit en 1779, et qu'elle avait recueillie chez elle au retour de l'émigration. Cette respectable nonne tenait à la main un bas de laine qu'elle achevait de tricoter. La vicomtesse et elle paraissaient du reste prêter la plus profonde attention à la lecture que leur faisait à haute voix, auprès de la fenêtre, un ecclésiastique d'une cinquantaine d'années, court et rebondi dans sa taille comme un chanoine, bien qu'il ne fût encore que curé de village. Enfin, l'objet de la lecture était un journal, la *Quotidienne*, selon toute apparence.

A l'arrivée d'Emilie, tout le monde se leva, même la douairière qui, tendant les bras à sa nièce, la baisa affectueusement au front : car toute joyeuse qu'elle pouvait être de la revoir, elle n'avait point oublié que l'étiquette a aussi ses règles en ce qui touche le chapitre des baisers. Tout à coup la porte s'ouvrit et quelqu'un entra. Bien que l'obscurité ne permît pas de distinguer les traits du nouveau-venu, madame de la Roche-Bernard, qui avait probablement reconnu son pas, s'écria d'un ton de reproche :

— Arrivez donc, mon cher, que je vous présente à ma nièce. A votre âge, feu M. le vicomte de La Roche-Bernard n'eût pas manqué de se trouver là, pour offrir la main, au bas du perron, à une jeune et jolie visiteuse comme celle-ci ; mais aujourd'hui les temps sont bien changés : la galanterie envers les dames n'est plus de mise. Ma nièce, c'est M. le marquis Horace de Maugiron.

Si bas qu'eût été prononcé ce nom, il retentit à l'oreille d'Emilie comme la trompette de l'archange au jour du jugement dernier ; elle s'inclina et retomba sans mouvement et sans voix dans le fauteuil qu'on lui avait préparé. A cet instant, il faisait presque nuit close, et on apporta des flambeaux. Alors un observateur tant soit peu fataliste aurait pu remarquer que madame Bérard portait la même capote blanche et le même voile de dentelle que dans la mémorable soirée du bois de Boulogne.

XIV

Un air de Meyerbeer.

Madame Bérard demeura peu de temps dans le salon, et comme on attribua à la fatigue du voyage le trouble et l'embarras qu'elle éprouvait en répondant aux diverses questions qui lui étaient adressées, la vicomtesse de La Roche-Bernard fut la première à l'engager à se retirer pour prendre du repos. Emilie accepta avec empressement la permission qu'on lui offrit. Quant au marquis de Maugiron, qui, pendant le temps qu'avait duré la conversation, n'avait cessé de tenir ses regards attachés sur la jeune femme, mais sans lui adresser la parole, il s'inclina respectueusement devant elle, et il eût été bien difficile de distinguer en ce moment sur son visage calme, et pourtant un peu rêveur, quelle était la nature du sentiment qui semblait le préoccuper. Etait-ce un sentiment ou bien une espérance? peut-être était-ce l'un et l'autre?

Lorsqu'elle fut entrée dans sa chambre, Émilie respira plus librement. Elle venait d'être déchargée d'un poids bien pénible, et qu'elle était d'autant plus hors d'état de supporter ce soir-là, qu'elle y était moins préparée. Mais en même temps elle comprit toute l'étendue du danger qui la menaçait, elle résolut de s'en affranchir dans le plus bref délai possible. Elle se mit donc à une table et écrivit à la hâte le billet suivant :

« Mon ami, je suis arrivée à bon port chez ma tante, ce soir à huit » heures ; mais un motif que je désire ne confier qu'à toi présent va me » forcer d'en repartir demain même. A bientôt donc, Georges, je te ra- » conterai tout, et tu approuveras ton Emilie. »

Elle plia et cacheta son billet sans même le relire, puis elle appela sa femme de chambre.

— Justine, lui dit-elle, cette lettre à la poste sur-le-champ, afin qu'elle puisse arriver à Paris demain dans la matinée. Ensuite, vous tâcherez de trouver dans le village quelqu'un de sûr, et vous lui direz d'aller commander des chevaux de poste pour demain matin. Vous ferez en sorte que personne n'en sache rien dans le château, entendez-vous! Les chevaux attendront au bout de l'avenue et vous viendrez me prévenir dès qu'ils seront arrivés. Ah! pour écarter tout soupçon, vous aurez soin, lorsqu'on viendra prendre la voiture, de dire qu'elle a besoin d'une réparation, et que je l'envoie pour cela à Coulommiers ou à Crécy. Allez, soyez discrète et ne perdez pas un instant.

Pendant que sa maîtresse lui communiquait ces instructions, Justine, tout interdite, ouvrait de grands yeux. A la fin elle s'écria :

— Ah! je l'avais bien dit à monsieur que madame ne pourrait jamais se décider à se séparer de lui pour plusieurs jours, et il n'a pas voulu me croire. Monsieur est bien heureux d'être aimé comme cela!

—Oui, oui, c'est vrai, je suis une folle, reprit vivement Emilie, en poussant dehors sa femme de chambre, sans doute pour que cette fille ne pût s'apercevoir de sa confusion, pendant qu'elle acceptait avec tant d'empressement cette mensongère explication de sa conduite. Allez, allez, hâtez-vous!

Et dès que sa femme de chambre fut sortie, elle ferma sa porte au verrou.

— Allons! se dit-elle, toutes mes mesures sont bien prises, et demain, avant qu'il y ait personne d'éveillé dans le château, je serai loin d'ici. Au premier relais, je m'arrêterai pour écrire à ma tante. Elle m'aime, elle me pardonnera aisément mon brusque départ, surtout quand elle saura ce qu'il en est; mais il vaut beaucoup mieux qu'elle ne soit pas prévenue d'avance, afin que ce départ ne rencontre aucun obstacle.

Après avoir fait toutes ces réflexions, Emilie vint s'agenouiller au pied de son lit. Sans doute, elle comptait puiser dans l'accomplissement de ce pieux devoir un supplément de force dont elle pressentait le besoin dans un avenir plus ou moins prochain; mais, soit qu'elle n'apportât point dans cet acte solennel la ferveur prescrite, soit plutôt qu'une image qu'elle cherchait en vain à écarter revînt incessamment s'offrir à sa pensée, il lui arriva plus d'une fois de s'interrompre dans le cours de sa prière, et, semblable à la Marguerite de Faust, de mêler aux oraisons sacrées je ne sais quelles profanes hallucinations que le malin esprit, invisible habitant du vieux castel, soufflait à son oreille. Aussi, malgré la fatigue d'un voyage de quinze lieues, Emilie eut la nuit la plus agitée. Si, par hasard, elle venait à s'endormir, son imagination malade lui retraçait sur-le-champ mille scènes bizarres ou terribles dont le héros, comme on le pense bien, était invariablement le même. Tantôt c'était un bal où il n'y avait que des femmes toutes plus belles les unes que les autres, et un seul cavalier pour toutes ces danseuses; ce cavalier était Horace de Maugiron, qui n'avait de regards que pour Emilie ; puis les bougies pâlissaient, et ne répandaient plus dans les salons qu'une clarté sépulcrale; une détonation se faisait entendre, et alors au spectacle d'une fête succédait celui d'une pompe funèbre. Au milieu de toutes ces femmes agenouillées et versant des larmes, se dressait, comme par enchantement, un cercueil ouvert : dans ce cercueil était étendu, pâle et sanglant sous son suaire,

Horace de Maugiron, et une voix s'écriait : « C'est pour toi qu'il a été frappé, c'est pour toi qu'il est mort! » Puis toutes les femmes répétaient avec une expression d'horreur : « C'est pour elle! »

Vers le matin, Emilie se réveilla en sursaut : on frappait à sa porte, elle reconnut la voix de Justine et ouvrit.

— J'ai fait tout ce que madame m'a commandé, dit cette fille en entrant. La lettre est partie, et les chevaux sont au bout de l'avenue avec la voiture. Tout est prêt.

Le soleil levant inondait déjà la chambre de tous ses rayons. Madame Bérard se laissa habiller à la hâte sans prononcer une seule parole, et s'enveloppant dans son châle comme si on eût été au cœur de l'hiver, elle traversa à pas de loup les longs corridors du château, et se trouva bientôt dans la cour d'honneur. Là, elle s'arrêta un instant comme incertaine sur le chemin qu'elle allait prendre pour sortir sans être vue; mais celui qui aurait pu lire au fond de son cœur y eût peut-être découvert un tout autre sentiment. Car les bonnes résolutions sont comme les mauvaises : il y a presque toujours, au moment où on va les exécuter, une sorte de temps d'arrêt, pendant lequel on se recueille soi-même en s'interrogeant sur leurs conséquences probables, et il n'est pas rare alors qu'on y renonce tout à fait. Sans doute, au point où se trouvait Emilie, on ne pouvait prévoir un pareil résultat; mais qui sait si, à cet instant suprême, elle ne pensait pas que quelque obstacle inattendu viendrait l'empêcher d'accomplir son projet? Et puis, ne lui était-il pas permis de se laisser aller à un sentiment de mélancolie en abandonnant cette poétique demeure, que la veille encore elle saluait avec tant de joie, comme le berceau de toutes ses illusions, et qui, aujourd'hui, n'en était plus que la tombe? Dans sa touchante tragédie de *Jeanne d'Arc*, Schiller nous montre la jeune fille jetant un triste et dernier regard sur le toit paternel, au moment où elle le quitte furtivement pour aller sauver la France et son roi.

Nul obstacle n'apparut à Emilie. Les hôtes du manoir dormaient encore; on n'entendait que le chant joyeux des oiseaux voltigeant sur les fleurons et les arabesques sculptés des tourelles. Emilie se remit en marche, accompagnée de Justine, et longeant les bâtimens, elle arriva sous le porche, qu'elle eut bientôt dépassé. Déjà elle se disposait à traverser le pont de pierre qui avait remplacé le pont-levis, lorsqu'elle s'entendit appeler à quelque distance. Elle retourna la tête : une fenêtre venait de s'ouvrir presque au niveau du pont, et la vicomtesse de La Roche-Bernard, debout sur son balcon, et en simple déshabillé du matin, s'offrit à ses regards. Emilie s'arrêta.

— C'est vous, ma belle nièce, s'écria la douairière de son observatoire: où allez-vous donc de si grand matin?

Sans doute dans un pareil moment, Emilie eût été excusable de mentir; mais elle n'en eut pas la force, et retournant sur ses pas, pleine de trouble et de confusion, elle aima mieux se rendre auprès de sa tante et lui confesser toute la vérité.

— Ma tante, s'écria-t-elle en entrant, ma bonne tante, pardonnez-moi. Puisque vous êtes déjà levée, je viens vous dire adieu, je repars pour Paris.

— C'est une plaisanterie, répondit la douairière en se frottant les yeux, comme pour s'assurer qu'elle était réellement bien éveillée. Arrivée d'hier au soir, il est impossible que vous me quittiez ce matin.

— Oh! si fait, ma tante, et je suis sûre que lorsque vous saurez pourquoi, vous serez la première à approuver ma conduite. Après le regret que j'ai de me séparer si brusquement de vous, je n'en ai plus qu'un seul, c'est qu'on m'ait mise dans la nécessité de vous apprendre moi-même le motif....

— Qu'y a-t-il donc enfin? Expliquez-vous.

— Il y a, ma tante, balbutia la jeune femme avec le plus grand embarras, il y a que M. le marquis de Maugiron a eu un duel à la fin de l'hiver dernier....

— Je le savais. Qu'est-ce que ce duel a de commun avec votre départ?

— Pardon, ma tante, mais M. le marquis de Maugiron ne vous a pas dit, sans doute, le nom de son adversaire...

— Et, cet adversaire?

— Etait Georges... mon mari!

— Est-il possible? Ah! je comprends tout maintenant.

— Et vous êtes indignée comme moi de la conduite de M. de Maugiron, n'est-ce pas, ma tante? vous approuvez ma résolution...

— Pas du tout, pas du tout.

— Qu'entends-je?

Ici la vicomtesse qui était restée debout, ainsi que sa nièce, depuis l'entrée de celle-ci dans la chambre, la fit asseoir à ses côtés, et lui donnant gaîment un petit coup sur la joue :

— Mais vous n'y songez pas, dit-elle : si vous fuyez devant le marquis, il s'imaginera que vous avez peur de ne pouvoir lui résister. Les hommes sont si présomptueux! Vous n'avez pas cette crainte-là?

Eu parlant ainsi, la douairière redressait sa taille, légèrement inclinée par les années, comme si elle eût voulu se reporter au temps où elle-même avait pu recevoir de semblables conseils. Il y avait dans sa pose, dans les regards qu'elle attachait sur sa nièce et jusque dans le son de sa voix, comme un souvenir affaibli de traditions profanes de la cour de Louis XV et du livre fameux des *Liaisons Dangereuses.* Une vive rougeur colora les joues de la jeune femme, et elle ne put que murmurer, en baissant les yeux :

— Non, ma tante, je n'ai point cette crainte : mais je dois au repos, à la tranquillité de mon mari...

— Laissez donc cela, reprit vivement la vicomtesse : n'êtes-vous pas aussi en sûreté chez moi que vous pouvez l'être chez votre mari? Qui vous dit, d'ailleurs, que M. de Maugiron pense encore à vous, et que son amour ne s'est pas en allé avec tout le sang qu'il a perdu par suite de sa blessure?

A cette question, Emilie aurait pu opposer un argument sans réplique, en racontant à sa tante ce qui s'était passé au bois de Boulogne, dans la maison du docteur Wilberg ; mais la douairière voyant qu'elle gardait le silence ajouta :

— Et quand cela serait, je ne vois pas, moi, ce qu'il y aurait de si malheureux pour vous à être distinguée par M. le marquis de Maugiron, puisque vous ne l'aimez pas. Eh, bon Dieu ! ma chère, de mon temps, qui valait bien le vôtre, on se fût honoré d'une pareille poursuite; cela classe une femme, entendez-vous, et cela empêche les paltoquets d'en approcher. Vous ne partirez pas, je m'y oppose.

— Mais j'ai écrit à mon mari pour le prévenir de mon arrivée, il m'attend.

— Il attendra. Je prends tout sur moi, et je me charge de lui écrire que c'est moi qui vous ai retenue.

— Mais ma voiture est prête, les chevaux sont attelés, et le postillon...

— Je vais donner l'ordre de le congédier. Allons ma nièce, rentrez chez vous et je vous promets le secret sur cette escapade.

Ici, Emilie crut devoir tenter un dernier effort.

— Ma tante, s'écria-t-elle, ma bonne tante, je vous en supplie, laissez-moi partir, et je reviendrai vous voir plus tard.

— Ma nièce, reprit la douairière avec une dignité comique, obéissez!

Emilie obéit, en effet, mais elle se promit bien de trouver un moyen de sortir du château et de retourner à Paris le plus tôt possible, dût-elle faire le chemin à pied jusqu'à la poste voisine.

— Ma tante veut me garder ici, se dit-elle : eh bien! je prouverai à M. de Maugiron que c'est malgré moi que j'y reste. D'abord, je serai de mauvaise humeur, et puis s'il me regarde, je détournerai la tête : s'il ose m'adresser la parole, je ne réponderai que par monosyllabes.

Lorsque la cloche du déjeûner sonna, Emilie se dirigea vers la salle à manger. Comme son cœur battait en entrant dans cette salle où on venait de lui annoncer qu'il ne manquait plus qu'elle! Elle ressemblait plutôt alors à une timide novice de couvent qu'à une belle jeune femme de vingt-trois ans habituée à voir tous les regards se fixer sur elle dès qu'elle paraissait dans le monde. Pourtant ses appréhensions étaient vaines, car celui qui avait été l'objet de tant de préparatifs, de tant de capitulations de conscience était absent.

— Où donc est M. le marquis de Maugiron? s'écria la vicomtesse : est-ce qu'il ne vient pas déjeûner?

Un valet répondit :

— M. le marquis est parti à cheval de grand matin; il a emmené avec lui un garde et deux chiens courans pour aller chasser dans la garenne.

— C'est étrange, dit la douairière; il m'avait semblé lui entendre dire qu'il n'aimait pas la chasse; elle ajouta tout bas, en se penchant à l'oreille de sa nièce : — Vous voyez bien que j'avais raison, M. de Maugiron ne pense plus à vous.

— Que m'importe? dit Emilie avec un petit haussement d'épaules qui tout indifférent qu'elle voulait le faire paraître, trahissait un peu de dépit; puis elle se dit mentalement : Au fait il est bien possible qu'il se soit trouvé ici par hasard; hier, je me souviens qu'il ne m'a pas adressé une seule fois la parole, et je n'ai pas vu briller à son doigt la bague qu'il portait quand il était si malade; aujourd'hui il semble me fuir. Mais bientôt, passant à des idées toutes différentes : Il se sera laissé attarder, pensa-t-elle, et je suis sûre qu'il va revenir d'un moment à l'autre, car j'ai lu dans ses yeux qu'il m'aime toujours. Quant à la bague, il avait une main gantée, sans doute pour cacher cet anneau. Oh! ma tante a beau dire, je ne saurais demeurer ici plus long-temps, il faut que je parte aujourd'hui même.

Cependant le déjeûner se termina sans que le marquis parût, et la vicomtesse prenant le bras de sa nièce, lui dit :

— Allons, petite, venez faire avec moi un tour de parc, je me défie de vous, je vous en avertis, et je veux que vous me teniez compagnie toute la journée.

Comme elles allaient entrer dans le parc, le bruit mesuré du trot d'un cheval se fit entendre à peu de distance.

— Voilà sans doute M. de Maugiron qui rentre, s'écria Emilie du ton le plus insouciant qu'elle put affecter.

— Montons sur la terrasse, reprit la douairière, nous verrons si c'est lui.

Mais le cavalier n'était pas le brillant Horace, c'était tout simplement un jeune fermier des environs qui venait demander à la vicomtesse une réduction dans le prix de son fermage.

Il était déjà trois heures de l'après-midi que le marquis n'avait pas encore paru.

— Voici une prolongation d'absence qui commence à m'inquiéter, dit la douairière en interrompant sa tapisserie. Savez-vous, ma nièce, que vous avez traité bien mal M. de Maugiron? Qui sait si dans son désespoir il n'a pas mis fin à ses jours? Hier au soir, après votre départ, il a voulu faire mon boston, et j'ai remarqué qu'il demandait à tout coup des misères sans avoir de jeu : la tête n'y était plus.

Cette idée énoncée sous la forme de plaisanterie, germa si bien dans le cœur de madame Bérard, qu'elle vint à se demander si elle n'avait pas montré trop de rigueur envers Horace, et qu'elle eut presque besoin de chercher à se justifier à ses propres yeux.

Tout à coup des chiens donnèrent de la voix dans le voisinage du château, et la détonation d'un fusil se fit entendre. Cette fois il n'y avait plus à en douter, ce ne pouvait être qu'Horace. Dix minutes environ s'écoulèrent, au bout desquelles l'un des gardes-chasse de la vicomtesse rentra.

— Est-ce que M. le marquis n'est pas avec vous? cria la douairière à cet homme.

— M. le marquis est resté pour se promener, répondit tranquillement le garde.

La vicomtesse ne put s'empêcher de se montrer piquée d'une pareille conduite, et elle exprima hautement tout son déplaisir. Emilie se tut et affecta un air indifférent, mais des deux femmes, ce n'était certainement pas la tante qui était le plus offensée.

Enfin, vers cinq heures, M. de Maugiron parut au bout de l'avenue. Il était à cheval et faisait aller sa monture au pas. Il semblait s'abandonner avec délices au plaisir de la promenade; en apercevant de loin les deux dames à une fenêtre du château, il s'inclina et salua avec une grâce infinie. Emilie éprouva alors presque un mouvement de joie dont elle eut honte. Toutefois, elle se promit bien de faire payer cher au marquis, pendant le reste de la soirée, une absence dont elle cherchait vainement à se rendre compte. Quant à la vicomtesse, elle s'écria assez sèchement que M. le marquis étant enfin de retour, rien ne s'opposait à ce qu'on sonnât le dîner; mais en ce moment, le valet de chambre de cet illustre personnage annonça que son maître, fatigué de sa promenade, demandait la permission de ne point paraître de la soirée. C'était le coup de grâce pour la pauvre Emilie : elle se mordit les lèvres avec un dépit visible; car tout l'édifice qu'elle avait construit avec tant de soin venait de s'écrouler. Cet homme qu'elle avait vu mourant, qu'elle avait sauvé peut-être, cet homme à l'amour duquel il lui avait été impossible de ne pas croire, l'avait déjà oubliée. Il la dédaignait maintenant comme elle l'avait dédaigné jadis.

— Et pourtant, dit-elle tout bas, j'aurais pu l'aimer! Oh! merci, mon Dieu, de ne l'avoir pas permis!

Ce jour-là, on se coucha de bonne heure au château de la vicomtesse de La Roche-Bernard. Celle-ci, en prenant congé de sa nièce, lui dit :

— Je ne vous retiens plus ici, et demain vous pourrez partir pour Paris. Je vous sais gré de votre obéissance, dont vous pourrez au moins retirer que l'amour qui n'est point partagé n'est guère durable que dans les romans.

Il pouvait être alors environ dix heures du soir. Emilie, après s'être fait déshabiller par sa femme de chambre, la congédia, et, vêtue d'un simple peignoir de mousseline blanche, elle se mit à la fenêtre. La soirée avait été un peu orageuse et la nuit était très chaude; il faisait un beau clair de lune, et pourtant si la jeune femme accoudée sur son balcon, dans une attitude pleine de langueur et de volupté, laissait pencher sa tête dans la direction du fossé qui entourait le château, ce n'était plus comme autrefois pour contempler le disque de la lune se baignant dans les eaux verdâtres. Rêveuse et tout entière à je ne sais quelle vague mélancolie, elle sortait par intervalles de son affaissement pour porter ses regards vers le ciel, comme si elle eût voulu chercher à lire sa destinée dans les étoiles, puis elle laissait bientôt retomber sa tête. Dans un de ces mouvemens, sa coiffure se détacha, et ses beaux cheveux noirs qu'elle ne chercha pas à rattacher, roulèrent en boucles épaisses sur ses épaules demi-nues. Elle était vraiment belle alors, et celui qui eût pu l'apercevoir à sa fenêtre, aurait été tenté de la prendre pour quelque charmante effigie de la Madeleine repentante détachée du tableau des grands maîtres du XVIe siècle, et venant errer dans le manoir jusqu'au moment où le retour de l'aube la forcerait de rentrer dans son cadre gothique. Emilie, rien en vous ne rappelle la Madeleine de l'Evangile, sinon votre beauté; pourquoi donc abandonner ainsi vos longs cheveux et vos épaules demi-nues au souffle du vent de la nuit?

Tout à coup la jeune femme quitta cette position, et elle se mit à parcourir sa chambre à pas lents; d'abord, ce fut les yeux baissés, ensuite elle les releva et à mesure qu'un vieux meuble, un pan de boiserie sculpté venait s'offrir à ses regards, elle les saluait d'un souvenir, car la chambre où elle se trouvait était sa chambre de demoiselle. Au milieu de cet examen, elle avisa dans un angle obscur un antique piano auquel elle n'avait pas fait encore attention. C'était le piano sur lequel, jeune fille, elle s'était exercée bien souvent. Elle s'en approcha et l'ouvrit machinalement; les touches en étaient toutes jaunies, ces touches sur lesquelles ses larmes avaient coulé plus d'une fois jadis, soit dans un naïf accès de dépit pour une difficulté qu'elle ne pouvait vaincre, soit dans un sérieux chagrin occasionné par quelques remontrances de sa tante la douairière. Le tabouret de musique était à sa place habituelle, elle s'y assit et laissa errer ses doigts sur le clavier qui rendit quelques accords au moins douteux; puis elle essaya quelques préludes, et ce fut involontairement, sans doute, qu'elle fit entendre les premières notes d'un air qui avait exercé une grande influence sur sa destinée, celui du quatrième acte de *Robert-le-Diable*. Lorsque ce dernier prélude retentit, elle s'arrêta un instant avec un sentiment d'effroi bien marqué. C'était pour elle comme une musique mystérieuse qui des fondemens du vieux château semblait monter jusqu'à son âme, et elle ne pouvait se persuader que c'était elle-même qui venait de produire ces sons, tant ils lui avaient paru pleins de douceur et d'une ineffable harmonie. Peu à peu cependant elle s'enhardit, et mêlant sa voix aux accords du piano, elle murmura tout bas ces paroles de la cantilène :

Robert, toi que j'aime,
Si ce n'est pour moi-même,
Grâce pour toi!

D'abord, elle avait assourdi sa voix, mais bientôt, maîtrisée par le charme et la puissance de la musique, elle lui donna toute son étendue. Sa langueur et sa mélancolie avaient fait place à l'exaltation que devait nécessairement produire dans une imagination un peu romanesque la situation où elle se trouvait. Cette chambre isolée, avec ses sombres parois de chêne sculpté, où une seule bougie projetait à peine une faible lueur, ce vieux château, en quelque sorte endormi aux rayons de la lune, le silence solennel de la nuit, interrompu par un chant de prières et de douleurs, tout cela était merveilleusement propre à porter le trouble dans le cœur d'une jeune femme de vingt-trois ans. A cet instant, elle jeta machinalement un coup d'œil dans une antique glace de Venise suspendue au dessus du piano. Un homme était à genoux auprès d'elle, dans l'attitude de l'admiration et de la prière, et la porte d'un cabinet voisin était entr'ouverte... Cet homme, est-il besoin de le nommer?

Emilie poussa un cri, se leva et voulut fuir : Horace l'arrêta en lui saisissant la main, sur laquelle il déposa un baiser brûlant. La jeune femme, en cherchant à la retirer, remarqua qu'il n'avait pas de gants ce soir-là, et qu'une bague avec une simple étincelle brillait à l'un de ses doigts.

. . . .

Le lendemain, dans la matinée, on vit arriver au château une chaise de poste couverte de poussière. Un homme pâle, effaré, en descendit; c'était Georges Bérard, qui se fit conduire à l'appartement de sa femme. Un quart d'heure après environ, la chaise de poste repartit. Cette fois, elle contenait deux personnes, Georges et Emilie.

— Maintenant, s'écria le capitaine, que nous avons quitté le château de ta tante, me diras-tu le motif de ta lettre qui m'a tant alarmé, le motif du trouble où je t'ai vue en arrivant, le motif enfin pour lequel tu m'as forcé de t'emmener à l'instant même?

Comme il prononçait ces derniers mots, un cavalier passa rapidement, allant dans la direction du château, et jeta un regard dans l'intérieur de la voiture. Bérard tressaillit, et une sueur froide inonda son visage, puis il balbutia d'une voix altérée, en attachant sur sa femme un regard plein d'inquiétude :

— C'est M. de Maugiron, si je ne me trompe... Est-ce qu'il aurait osé paraître au château pendant que tu t'y trouvais?

— Mon ami, répondit Emilie en baissant les yeux, c'est pour cela que je ne voulais pas y rester.

XV

Tout chemin mène à Rome.

Il y avait réception à l'ambassade française de Rome le 17 août 183.. Des équipages sillonnaient la place des Saints-Apôtres, et la foule des visiteurs était grande dans la galerie de peinture et sur la magnifique terrasse du palais Colonne. Invités comme tous les étrangers de quelque distinction, Boisroger, Bérard et Wilberg se promenaient ensemble, pendant que leurs trois femmes, devenues inséparables depuis leur séjour à Rome, visitaient une autre partie des jardins. Les trois amis, debout sur le côté de la terrasse le plus éloigné du palais, contemplaient l'admirable vue qui, de là, domine sur le Colysée et sur un immense horizon de plaines et de montagnes. Après avoir joui quelque temps de ce spectacle, ils reprirent leur chemin vers les bosquets de lauriers qui ombragent la terrasse, car le soleil était brûlant sous un ciel sans nuage. Ils marchaient de front, bras dessus bras dessous, Théophile ayant le docteur à sa gauche et Bérard à sa droite. Wilberg et Georges paraissaient preoccupés et soucieux : quant à Boisroger, il portait toujours répandu sur sa physionomie le même air de satisfaction intérieure; le même sourire plein de malice relevait les deux coins de sa bouche; la même expression moqueuse animait ses petits yeux brillans, dont l'éclat et le mouvement annonçaient l'activité continuelle de l'intelligence. Wilberg avait le premier quitté Paris, il y avait près de trois mois. Quinze jours plus tard, Georges débarrassé de ses affaires, mais non entièrement délivré de ses craintes jalouses, s'était donné aux yeux de sa femme le mérite de céder à un désir qu'elle avait manifesté bien souvent, celui de voir l'Italie; et Théophile, poursuivi par les exigences de son éditeur, qui ne lui laissait plus de repos, et par l'insistance peu habituelle de Louise, s'était aussi mis en route. Après avoir parcouru une partie de la Suisse, visité Milan et Florence, ils avaient retrouvé à Rome le docteur et sa femme.

— Dites-moi donc, Wilberg, demanda Théophile, où alliez-vous si vite ce matin quand je vous ai rencontré?

— Je voulais me trouver à l'arrivée de la diligence de France.

— Est-ce que vous attendez quelqu'un de Paris?

— Pas précisément, mais je crains de voir débarquer ici...

— Qui donc? interrompit Théophile : mademoiselle J..., qui a perdu sa voix?...

— Eh non! mauvais plaisant! c'est le cousin de ma femme, Henri, qui menace de tomber ici comme une bombe.

— Bah! et cela vous contrarie, docteur? demanda de Boisroger.

— Pour moi, cela m'est indifférent, répondit Wilberg : mais son père me l'a confié pour lui faire achever son éducation et non pour qu'il mène une vie de vagabond sur les grandes routes. Vous savez qu'à mon départ de Paris je l'ai mis dans un collége : là il devait se préparer à son examen pour entrer à l'Ecole navale ; son précepteur m'a écrit, il y a trois semaines, qu'il avait passé un détestable examen. Vous croyez peut-être que le petit drôle est désolé? il est enchanté, au contraire. Il dit partout qu'il l'a fait exprès pour être refusé : il veut être libre.... Il n'attend qu'une occasion pour quitter Paris et venir retrouver à Rome sa cousine... A-t-on idée d'une pareille insubordination?...

— Il n'y a plus d'enfans, dit Théophile en poussant à plusieurs reprises le coude de Bérard, pendant qu'il regardait le docteur avec une physionomie de circonstance.

— Je regrette beaucoup, reprit Wilberg de n'être pas à Paris....

— Si vous y étiez, vous n'auriez probablement pas de peine à l'y faire rester, remarqua Boisroger qui poussait toujours Bérard.

— Oui, mais alors il le quitterait bon gré malgré ; je ferai agir des protecteurs. Ne m'avez-vous pas dit que vous êtes lié intimement avec un chef de division à la marine?

— Oui.

— Ne pourriez-vous pas me rendre le service de lui écrire pour lui recommander Henri? Qu'on le reçoive à l'Ecole navale : c'est tout ce que je demande. Il y restera deux ans...

— Et après cela, dit Théophile, vogue la galère, n'est-ce pas? j'écrirai aujourd'hui même. Je vous rendrai ce service, mon cher docteur, ajouta-t-il en appuyant sur chaque mot.

Il y eut un moment de silence après lequel Bérard prit la parole.

— Savez-vous où sont ces dames?

— Non répondit Wilberg.

— Docteur, continua Georges, je suis inquiet de la santé de ma femme ; elle est triste, pâle, elle a l'air souffrant. Ne l'as-tu pas remarqué, Théophile?

Théophile répondit :

— Non. Mais en même temps il poussa à gauche le coude de Wilberg.

— Vous ne voudrez peut-être pas en convenir, docteur, pour ne pas m'inquiéter ; mais ce changement est réel.

— Je l'ai remarqué comme vous, dit Wilberg en poussant à son tour Théophile. C'est sans doute l'influeuce du climat. Nous touchons à la saison des fièvres. Peut-être feriez-vous bien de ne pas rester long-temps ici.

— Mais où aller?

— A Paris, reprit Wilberg dont le bras pressait toujours celui de Théophile.

— La saison n'est pas encore assez avancée ; il n'y a personne à Paris maintenant...

— C'est-à-dire qu'il y a quelqu'un de trop, pensa Théophile. Georges a raison, dit-il tout haut : on pourrait aller à Naples, par exemple.

— Essayez-en, dit Wilberg, en remarquant l'air toujours soucieux de Georges : je suis sûr que votre femme ressent ici les premières atteintes du *mal'aria*.

Tout en causant, les trois amis étaient parvenus jusqu'auprès de grands massifs d'arbres divisés intérieurement en bosquets et en salles de verdure séparés par un mur de feuillage. A côté du banc où ils vinrent s'asseoir, étaient quelques personnes inconnues. Derrière eux s'arrondissait un autre bosquet occupé depuis quelques instans. Mais comme ils gardaient le silence quand ils avaient pris place, les trois dames qu'ils ne pouvaient voir n'avaient pas été averties de leur présence.

Un jeune homme arriva, et s'adressant aux personnes inconnues qui étaient à la gauche de Wilberg et de ses deux amis :

— Voici, dit-il, des nouvelles de Paris, et il leur montra un journal.

Pour des gens habitués à vivre dans une grande ville, un journal en province ou à l'étranger est accueilli comme un souvenir contre l'ennui et l'isolement. On pria donc le nouvel arrivé d'en commencer la lecture à haute voix : ce qu'il fit.

C'était une feuille légitimiste : après le récit d'une bataille décisive gagnée par don Carlos, le bulletin de santé de l'ex-famille royale, et le relevé des prodiges quotidiens d'intelligence du duc de Bordeaux, après un long article politique, le lecteur passa aux nouvelles de Paris. Ayant parcouru des yeux un article de quelques lignes, il laissa échapper une exclamation qui attira l'attention de Bérard et des deux autres, jusque-là assez distraits. L'article était ainsi conçu :

« On s'est beaucoup entretenu hier dans les salons de Paris d'un duel » dont le résultat a été funeste à l'un des deux adversaires, qui déjà » l'hiver dernier avait failli payer de sa vie une démarche imprudente.... »

Georges devint tout à fait attentif ; et comme si une espérance eût traversé son esprit, son visage parut s'éclaircir.

Au même instant, dans le bosquet adossé à celui où il se trouvait, un sentiment contraire faisait battre le cœur d'une des trois femmes. Emilie prit la main de Louise et écouta. Le lecteur continua :

« Sans prétendre excuser en rien le malheureux jeune homme qui a » succombé, nous pouvons dire qu'il laissera de vifs regrets à tous ceux » qui l'ont connu. C'est avec douleur que nous voyons disparaître avant » l'âge, et pour une telle cause, l'héritier d'une des plus illustres familles » de France... »

— Qui est-ce donc? demanda-t-on à celui qui tenait le journal.

— Ma foi, le journaliste a rédigé son article de manière à laisser jusqu'au bout la curiosité en suspens. Le nom du héros n'est écrit qu'à la dernière ligne, et je ne vous le dirai pas auparavant.

Si Georges n'eût écouté que son impatience, il se serait levé et aurait arraché la feuille des mains du lecteur. Il se contint avec peine. Derrière lui, Emilie, pâle, tremblante, et ne cherchant nullement à déguiser son émotion aux yeux de Louise et de Stéphanie, baissa la tête, et se résigna au supplice de l'attente.

« M. L..., banquier, acquit, il y a deux jours, la preuve certaine d'une » liaison adultère que sa femme entretenait depuis plus de deux mois. Il » alla trouver le séducteur : un rendez-vous fut pris pour le lendemain » au bois de Boulogne. Le combat eut lieu à l'épée : la gravité de l'offense » exigeait que l'un des deux restât sur la place. M. L..., blessé déjà à la » cuisse, brisa son épée dans la poitrine de son adversaire. Le fer avait » pénétré jusqu'au cœur : deux secondes après, M. de Maugiron était » mort. »

Un cri horrible se fit entendre. Bérard s'élança de son banc et bondit comme un homme qu'une force invisible aurait soulevé de terre. Pendant le peu d'instans qu'il resta immobile, sa figure avait un caractère effrayant, mélange de la joie qu'il venait d'éprouver et du soupçon subit qui le mordait au cœur. Il ensanglanta ses mains en cherchant à briser la haie qui le séparait du bosquet d'où le cri était parti. Ce fut en vain ; il se précipita alors hors du massif d'arbres pour en faire le tour. Mais il était prévenu par Boisroger, qui avait cru reconnaître aussi la voix d'Emilie, et qui ne songeait qu'à la préserver d'un danger certain pour elle. Quand Théophile arriva le premier en face des trois femmes, Stéphanie, avec cette énergie surnaturelle qu'inspire le dévoûment, saisissait par le bras madame Bérard prête à défaillir, et, la soutenant du geste et du regard, la forçait de rester debout : elle prit sa place sur le banc, et Georges se présenta pour l'entendre dire à Emilie :

— Je vous ai bien effrayée, n'est-ce pas? mais je me sens mieux. Elle leva les yeux sur Georges, comme si elle l'apercevait pour la première fois, et lui adressa un regard suppliant et plein de confusion. Pendant ce temps, le sang était remonté aux joues d'Emilie, et ce fut elle qui offrit à Stéphanie son aide pour se lever.

— Qu'est-ce donc, demanda Wilberg accourant à son tour avec les personnes à côté d'eux et quelques autres que le bruit avait attirées, qu'est-ce donc?

— Ce n'est rien, répondit Boisroger en se précipitant vers lui et en l'empêchant d'entrer, ce n'est rien, et l'on n'a pas plus besoin de vous ici qu'au Café de Paris.

— Mais....

— Mais taisez-vous donc! où vous gâterez tout.

— Bien... bien... dit le docteur, en regardant Bérard, je comprends... Il ne sait rien?...

— Rien.

Stéphanie sortit du bosquet, donnant le bras à Louise. Emilie passa devant Wilberg, appuyée sur son mari. Quelle que fût la situation d'esprit de celui-ci, il ne put retenir un léger sourire à l'aspect du docteur, sourire déterminé par la physionomie moqeuse de Boisroger placé derrière Wilberg, et jouant dans cet imbroglio le rôle d'un confident perfide soufflant alternativement le froid et le chaud. Quand Wilberg se retourna, il crut que cette expression de raillerie était à l'adresse de Georges, et il sourit en disant :

— Il a l'air enchanté!

Théophile reprit :

— Quand on ne se doute de rien.... Docteur, je vous quitte : je vais écrire à Paris, et j'espère que le cousin de votre femme entrera, sur ma recommandation, à l'Ecole navale... Il est peut-être un peu tard...

— C'est égal : je vous serai bien obligé.

Boisroger laissa sa femme accompagner Stéphanie et Bérard, reprit seul le chemin de la rue des Condotti et de l'hôtel d'Allemagne, où il logeait. Il marchait avec rapidité, comme un homme affairé, et en effet, il était sous l'empire d'une préoccupation unique : les idées se croisaient dans son cerveau, il parlait, il riait, il gesticulait, il faisait claquer ses doigts comme des castagnettes. Le domestique de l'hôtel lui remit deux lettres sous enveloppe qu'il ne prit même pas le temps de regarder : il jeta seulement les yeux sur une carte qu'on lui donna ; c'était celle d'un des correspondans voyageurs de son libraire, qui devait revenir dans la journée.

— Si ce monsieur se présente, vous le laisserez monter, dit Théophile en grimpant quatre à quatre les marches de l'escalier; puis il courut s'enfermer dans sa chambre.

Là, il se plaça devant son bureau, réunit quelques papiers épars, et griffonna tout d'une haleine trois pages. Après quoi il s'arrêta en se croisant les bras :

— C'est mal pourtant : car enfin, ce pauvre Georges est mon ami, et je lui fais jouer un personnage assez ridicule. Quant à Wilberg, je n'ai pas le moindre scrupule. Tout ce qui lui arrivera en ce genre sera pain bénit... Je sais bien que Georges ne se reconnaîtra pas plus que vingt autres individus qui ont posé devant moi et qui ne s'en sont jamais doutés. Mais c'est pour moi une affaire de conscience... Cependant, comment perdre de gaîté de cœur une scène pareille à celle dont je viens être témoin?... Une scène toute faite... un dénouement admirable, dramatique, comique et moral.... toutes les conditions de succès! et j'abandonnerais un tel trésor!... ma foi, non! Tant pis pour Georges : il n'avait qu'à ne pas se mettre dans cette position-là... c'est sa faute. D'ailleurs, est-ce qu'il ne m'est pas arrivé souvent de me prendre moi-même pour modèle? On a de l'amour-propre, de la vanité en public, mais on connaît ses défauts, ses travers.... Quand on est le premier à s'exécuter de bonne grâce, les autres n'ont rien à dire... Allons, décidément la situation est trop bonne pour que je m'en prive. La femme infidèle punie par l'infidélité et la mort de son amant; il n'y a rien à changer... Qu'est-ce que je ferai d'Henri dans mon roman? Si j'en débarrasse le docteur, voilà sa femme qui va vivre tranquille, sans crainte... Oh! oh! une femme de trente ans... c'est assez difficile de la mettre dans l'embarras pour une intrigue avec un jeune homme de seize ans... Henri reviendra près d'elle pour lui rappeler des souvenirs... qu'elle ne se rappellera pas... Ou, si elle y tient, je ferai faire à Henri la conquête de quelque coquette sur le retour... Madame de Tourny, par exemple, j'arrangerai cela. Peu importe!.. c'est une figure de troisième plan. Le sujet véritable le voici : Bérard se perdant par l'exagération de son système : Wilberg par l'exagération d'un système opposé, et moi... moi au milieu d'eux, marchant sans broncher entre deux écueils, parce que je n'ai pas de système, ou du moins parce que j'en ai adopté un parfaitement raisonnable...

Théophile interrompit tout à coup le résumé de son roman, il ferma à moitié les yeux, tenant toujours en l'air les trois doigts de la main gauche sur lesquels, avec l'index de la droite, il venait de nommer ses principaux personnages; puis il se renversa sur son fauteuil et finit par se gratter l'oreille.

— Tiens, dit-il en souriant, il me vient une drôle d'idée... C'est une singulière tentation. Si je changeais mon rôle... Si j'étais comme eux.... Cela vaudrait peut-être mieux. L'ouvrage y gagnerait une unité qu'il n'a pas. Je suis bien sûr de ne pas avoir eu tort; mais avec une autre femme que Louise, je m'y serais pris autrement..... et il est certain que le livre deviendrait peut-être meilleur..... Bah? qu'est-ce que je risque? Mon affaire, à moi, maintenant, c'est d'obtenir un succès, et le sacrifice que j'ai fait à l'art, ne me coûte pas cher. Je suis fâché de n'y avoir pas pensé plus tôt... Cela va nécessiter des changemens, du travail... C'est égal : il ne faut pas être paresseux... Voyons un peu... Où diable ai-je donc mis le chapitre de la correspondance?....

Oh! s'écria-t-il, avec l'accent et presque l'effroi d'un homme qui, au milieu d'une touffe de fleurs, aurait posé la main sur un reptile... Il prit les deux lettres qu'on lui avait remises une heure auparavaut, et qu'il avait jetées sur son bureau. Elles venaient de frapper ses regards, et il balbutia en lisant l'adresse sur l'une d'elles.

Madame de Boisroger à Chambéry. De Chambéry la lettre avait été adressée à Milan, à Parme, à Bologne, à Florence, et enfin à Rome. Théophile faillit renverser la table en se levant; il brisa le cachet de l'enveloppe. La lettre était signée E. M.

— Je crois que je vais me trouver mal, dit Théophile : il se remit cependant, et lut :

« Le silence obstiné que vous gardez envers moi est bien cruel, madame. »

Théophile s'essuya le front, et respira un peu plus librement.

« Fallait-il ajouter ce tourment au tourment de votre absence? J'avais pourtant quelque droit... »

— Quelque droit!.. répéta Théophile... oh! voilà la sueur froide qui me reprend; je n'y vois plus clair...

Il ferma un instant les yeux, et se rasseyant, s'affaissa sur lui-même comme un homme anéanti. Un instant après, il continua sa lecture sans s'apercevoir qu'il sautait une page.

« Je ne saurais résister plus long-temps à l'inquiétude qui me dévore.
» Ma vie est un supplice... Vous m'oubliez!... mais je vous forcerai bien,

» cruelle, à garder malgré vous mon souvenir. Cette lettre est la dernière » que vous recevrez de moi, si vous n'y répondez pas, et alors ce sera un » adieu et un silence éternels. Je mettrai fin à une existence odieuse... »

— Pends-toi donc, malheureux! s'écria Théophile : tu n'as rien de mieux à faire.

Il regarda la date de la lettre :

— 15 juin! il a eu le temps, le misérable!... Ah! Louise! Louise!

Ce nom qu'il prononçait avec un accent douloureux, il le vit écrit de la main d'Emile.

— Louise!... il l'appelle Louise!... La correspondance officielle s'est arrêtée pour moi au numéro deux..... c'est au moins le numéro dix que je tiens là!

— Ah! je vous trouve enfin, mon cher monsieur de Boisroger, dit en entrant le correspondant que Théophile avait donné ordre de laisser monter; eh bien! quelles nouvelles? bonnes nouvelles, sans doute. Et votre roman, est-il fini? Oui... je viens le chercher.

— Mon roman! s'écria Boisroger; mon roman!... Allez-vous-en à tous les diables!...

— Plaît-il?

— Mon roman! mais j'aimerais mieux me couper la main droite que de l'écrire!

— Cependant...

— Laissez-moi tranquille.

— Vous nous l'aviez promis avant votre départ.

— C'est possible... Faut-il croire à tant de perfidie!

— Donnez-moi le titre seulement.

— Louise!...

— C'est là le titre?

— Eh! non. Et Boisroger commença une promenade autour de la chambre, se heurtant à tous les meubles, et suivi par le correspondant qui ne comprenait rien à cette fureur.

— Tout perdre à la fois! murmurait-il : le repos et le talent! le bonheur et la gloire!.. oui, la gloire. Je triomphais de mes rivaux... je les écrasais... et maintenant le soupçon me tue... Je suis un homme mort... Oh! Molière! Molière! philosophe sublime! homme au dessus des faiblesses de l'humanité, tu ne doutais pas, toi, et tu as fait *Georges Dandin!*

— Monsieur, je vous en prie, donnez-moi un titre pour que nous puissions annoncer.

— Si encore il s'était tué! car il me faut une vengeance, à moi... mais non : voilà encore une lettre, une lettre de lui!... C'est bien son écriture... Le timbre?... 25 juillet... Six semaines après! Elle lui a répondu, sans doute, puisqu'il écrit de nouveau. Elle se sera effrayée de ses menaces de mort. Allons, du courage!... Il lut à voix basse :

« M. Montalais a l'honneur de vous faire part du mariage de M. Emile » Montalais, son fils, avec mademoiselle Clarisse Vidal. »

Théophile sonna : le domestique de l'hôtel se présenta.

— Madame est-elle rentrée chez elle? lui demanda-t-il.

— Oui, monsieur.

Il referma le billet, et dit :

— Portez-lui cette lettre.

— Et le titre de votre roman; monsieur Boisroger, je vous en supplie?

— Le titre?... Il s'arrêta : puis, faisant un effort sur lui-même :

— Annoncez : *Tout chemin mène à Rome.*

AUGUSTE ARNOULD ET ALEXANDRE DE LAVERGNE.

FIN.

TABLE DES MATIÈRES.

TOUT CHEMIN MÈNE A ROME.

www.ingramcontent.com/pod-product-compliance
Ingram Content Group UK Ltd.
Pitfield, Milton Keynes, MK11 3LW, UK
UKHW020353180726
13839UKWH00003B/1066

9 782329 368733